Née à Paris, Agathe Hochberg a grandi entre la France et les États-Unis. Après des études de droit et de commerce international, elle se tourne vers le milieu du cinéma. Un temps journaliste musicale, Agathe Hochberg a séduit, par sa perspicacité, sa finesse et son humour, un large public dès son premier roman, *Ce crétin de prince charmant* (2003). Il sera suivi de *Mes amies, mes amours, mais encore ?* (2005), *La Coupe du monde et autres footaises : le dico non officiel* (2006), *Lettres à ma fille* (2006), *Lettres à mon amour* (2007), et *Lettres à ma mère* (2007).

MES AMIES, MES AMOURS, MAIS ENCORE ?

DU MÊME AUTEUR
CHEZ POCKET

CE CRÉTIN DE PRINCE CHARMANT

AGATHE HOCHBERG

MES AMIES, MES AMOURS, MAIS ENCORE ?

MANGO

Le Code de la propriété intellectuelle n'autorisant, aux termes de l'article L. 122-5 (2ᵉ et 3ᵉ a), d'une part, que les « copies ou reproductions strictement réservées à l'usage privé du copiste et non destinées à une utilisation collective » et, d'autre part, que les analyses et les courtes citations dans un but d'exemple ou d'illustration, « toute représentation ou reproduction intégrale ou partielle faite sans le consentement de l'auteur ou de ses ayants droit ou ayants cause est illicite » (art. L. 122-4).
Cette représentation ou reproduction, par quelque procédé que ce soit, constituerait donc une contrefaçon sanctionnée par les articles L. 335-2 et suivants du Code de la propriété intellectuelle.

© 2005, Mango Littérature
ISBN 978-2-266-16488-7

Merci à mes trois piliers : Olivier, Jérôme, Laurent.

Et à :
Delphine, Cécile, Véronique, Coralie, Lionel, Laurence, Nicolas, Isabelle, Orli, Carole, Lisa, et Sylviane Lévy.

« Tu vas voir, dit Victor tandis qu'ils montent sur la péniche, je suis sûr que l'endroit te plaira. »

Jeanne descend l'escalier en colimaçon en plissant les yeux, car la pièce est très mal éclairée. Au moment où elle commence à distinguer quelques silhouettes, les lumières s'allument et une cinquantaine de personnes hurlent : « Joyeux anniversaire ! »

Elle recommence à cligner des yeux, cette fois parce qu'une énorme lampe est braquée sur elle. Au bout de la lampe, une caméra vidéo ; au bout de la caméra, un homme qui la filme en souriant.

Tout le monde chante et applaudit. Victor jubile, il enlace Jeanne qui répond maladroitement à son étreinte, puis il cède la place aux proches qui se pressent autour d'elle.

En embrassant chacun, elle découvre avec stupeur leur accoutrement : Elvis, une bonne sœur, quelques hippies, un couple de Marquis, Madonna, Cléopâtre, Tarzan et Jane... Il lui faut parfois plusieurs secondes pour deviner lequel de ses amis se trouve face à elle.

Victor lui glisse fièrement :

« Le carton disait : "déguisement obligatoire" ! Ne t'inquiète pas, j'ai prévu quelque chose pour toi aussi... »

Il l'entraîne dans une cabine où l'attend un sac posé sur un lit. Elle l'ouvre et en sort une minijupe en skaï, un débardeur très décolleté, et une paire de sandales dorées à talons aiguilles.

« Qu'est-ce que c'est que ça ? souffle-t-elle.

— C'est ton costume ! Tu ne devines pas ? C'est *Pretty Woman* ! Tu avais adoré le film, et le type de la boutique m'a dit que c'est un de leurs modèles qui marchent le mieux ! »

Du bout de son pouce et de son index, Jeanne, l'air franchement dégoûté, extirpe une perruque du fond du sac.

« Et ça ?

— La touche finale pour faire Julia Roberts. Sinon, tu ne serais pas crédible avec tes cheveux courts. Allez, dépêche-toi, tout le monde t'attend... »

Il sort de la cabine.

« Et toi, tu ne te changes pas ?

— Je suis déjà déguisé, dit-il, en désignant l'impeccable costume Cerruti qu'il porte. En Richard Gere ! »

La porte se referme derrière lui.

Lorsque Jeanne vient rejoindre ses invités, le volume sonore augmente encore, et une voix tonitruante retentit :

« Allez ! Tout le monde sur la piste pour accueillir Jeanne ! »

Elle découvre un DJ qui tape dans ses mains en rythme, juché sur une estrade, tandis que plusieurs personnes la poussent malgré elle au milieu de la piste.

Inutile de résister ; elle danse en essayant de s'abandonner à l'exaltation ambiante.

Quand elle estime qu'elle peut enfin souffler un peu, elle s'approche du bar pour prendre un verre d'eau, et regarde autour d'elle, encore occupée à détailler les costumes de chacun. Tout le monde a l'air de s'amuser.

Violette Meyer et sa sœur Maud bavardent dans un coin.

Maud va danser et Violette vient rejoindre Jeanne.

Longue et fine, des yeux noirs et de longs cheveux épais et bruns, Violette semble très à l'aise dans un costume de gitane. Jeanne admire le mélange de douceur et de féminité qui se dégage d'elle.

« Tu es splendide ! s'exclame Jeanne.

— Tu trouves ? C'est ma fille qui m'a donné l'idée, elle trouve que je ressemble à Esméralda.

— Au fait, vous ne deviez pas repartir quelques jours ?

— On part demain pour La Baule, juste Élise et moi, la rentrée est un peu plus tard dans son école... Alors, c'est une belle surprise, non ?

— Bien sûr. Simplement, j'ai un peu de mal à danser avec des talons pareils. Et puis j'ai horriblement chaud avec cette perruque. Et surtout, je me trouve vulgaire...

— Enlève la perruque si tu craques. Mais sinon, tu es très bien ! Tu ne manges rien ? Goûte, c'est délicieux, c'est Natacha qui a conseillé Victor pour le buffet...

— C'est vrai, je plaide coupable ! » renchérit une voix derrière elle.

Natacha Fernet se tient derrière Jeanne en souriant. Son costume de fée Clochette sied parfaitement à sa petite taille et ses cheveux blonds relevés en chignon.

Jeanne regarde le buffet ; une petite pile de serviettes indique le nom d'un excellent traiteur et, effectivement, il y a toutes sortes de plats appétissants.

« C'est sans doute pour ça qu'il y a tout ce que j'aime, lui répond Jeanne. Il est adorable, ton costume !

— Taille 12 ans au Disney Store ! J'ai un peu honte, en même temps, c'est un vieux fantasme... En revanche, le DJ, je te promets que je n'y suis pour rien ! »

Jeanne et Violette éclatent de rire. Comme pour leur donner raison, celui-ci choisit ce moment précis pour reprendre son micro :

« Allez ! Tout le monde saute ! Je veux de l'ambiance !... On saute plus haut, allez ! Je veux qu'on coule le bateau.

— Non mais, il va se calmer ! dit un homme portant un masque à l'effigie de Chirac. D'où il sort, l'allumé au micro ? ! J'espère que ce n'est pas à ma femme qu'on doit sa présence...

— Philippe ! Je ne t'avais pas reconnu... Non, Natacha n'y est pour rien...

— C'est qui, les types en Blues Brothers ? demande Violette.

— Des collègues de Victor, répond Jeanne.

— On va trouer le plancher ! hurle le DJ.

— J'appelle "Sainte-Anne" », dit Philippe en s'éloignant.

Jeanne enlève sa perruque, la jette sur un divan, et ébouriffe ses cheveux courts.

Une heure plus tard, sur les ordres du DJ, tout le monde encercle Jeanne pendant qu'elle souffle ses trente-cinq bougies. Le cameraman s'approche si près d'elle qu'il la brûle avec sa lampe, puis on l'escorte jusqu'à une table couverte de cadeaux.

« Bon anniversaire, ma chérie », lui dit Victor.

Sa mère, qu'elle vient seulement de reconnaître, lui met un cadeau à l'enseigne de la marque Tiffany dans les mains.

« Ça commence très fort ! crie le DJ, qui exulte à l'idée de commenter les cadeaux. Jeanne, montrez bien les cadeaux à tout le monde, s'il vous plaît ! »

Elle a juste le temps d'apercevoir sa cousine retirer discrètement un sac Étam de la pile avant que ne commence l'ouverture des sacs griffés.

Quand le grand déballage prend fin, le DJ lui met son micro dans les mains. Elle peut enfin remercier Victor et ses invités pour cette soirée inoubliable.

Les invités s'en vont par petits groupes. Jeanne finit la soirée, comme tant d'autres auparavant avec Natacha, Violette et Maud, tandis que leurs maris prennent l'air sur le pont de la péniche.

Les trois amies enlèvent leurs chaussures, allongent leurs jambes sur des chaises, et picorent sans honte des morceaux de gâteaux dans les assiettes abandonnées.

J'aurais dû m'en aller.

Quand je pense qu'ils ont tous été obligés de se déguiser... Ma mère, en Tina Turner... Mais quelle honte ! Je ne lui pardonnerai jamais.

Déguisement obligatoire, je rêve ! Ils auraient dû désobéir. Ou rester chez eux.

Comment a-t-il pu penser une seconde que cette soirée me ferait plaisir ? Moi qui n'aime que les petits comités... Il devrait le savoir, depuis le temps, à croire qu'il l'a fait exprès.

S'il savait... S'il savait que, pour la première fois de ma vie, je me suis sentie vieille. Jusqu'à présent, j'étais protégée par nos années d'écart, je me croyais éternellement jeune.

Mais, cette fois, c'est sûr, je suis vieille, ce n'est pas normal de se sentir si mal à une fête organisée pour me faire plaisir.

Et tout ça pourquoi ? Parce que j'ai vieilli.

J'ai vieilli et qu'est-ce que j'ai appris ? Qu'une foule de choses qui m'auraient plu avant m'écœurent, désormais.

Pas envie de voir tous ces gens. Toujours les mêmes gens. Un peu plus abîmés. Comme moi.

J'ai vieilli aujourd'hui comme tous les jours, mais un peu plus, dit le calendrier.

Et c'est une raison pour faire la fête, sans doute... Pendant la soirée, j'ai regardé les femmes autour de moi en me demandant à quelle catégorie j'appartenais. Je n'ai pas trouvé ma place. J'ai dû changer sans m'en rendre compte, comme tout le monde. Dans certains cas, il vaut mieux ne pas voir.

J'aurais dû partir. Partir, dès que j'ai compris ce qui m'attendait : le DJ foireux, les gens que je n'avais pas envie de voir... Mais qu'est-ce qu'il lui a pris d'inviter les Schmitt ? Et d'oublier Fabrice et Anne... Quel con ! J'aurais dû me sauver, dès que j'ai vu l'abruti qui filmait avec sa grosse lampe aveuglante.

D'ailleurs, je suis sûre que si j'étais partie, personne n'aurait remarqué mon absence. Pas avant un bon moment, en tout cas. À part les filles, bien sûr.

C'est affreux de se dire que l'homme qu'on a épousé vous connaît si mal... Qu'il n'a rien appris, rien compris de moi. En dix ans ! C'est qu'il ne comprendra jamais rien.

Pourtant, moi, je le connais. D'ailleurs, c'est facile, il n'a pas changé d'un pouce.

Au début, je le trouvais parfait. Alors, qu'est-ce qui a changé en moi ?

Je suis encore émue quand je revois notre rencontre, son arrivée providentielle à ce dîner mortel. Son élégance. Ma fierté quand j'ai vu qu'il me regardait... Ce moment où il m'a demandé pourquoi je le vouvoyais. « Pardon, c'est à cause de mes parents qui m'ont dit qu'il faut toujours vouvoyer les personnes plus âgées. »

Son sourire, imperturbable malgré ma gaffe.

Notre premier baiser, le soir même. À l'époque, rien n'allait trop vite pour nous.

Je sais aujourd'hui que lorsqu'il m'a demandée en mariage, je n'ai pas vraiment réfléchi.

Le « oui » s'imposait, ne serait-ce qu'à cause du nombre de personnes qui me disaient quelle chance j'aurais d'épouser un homme pareil. « Un si grand médecin... »

De toutes les façons, il n'y avait pas de place pour mon hésitation : il avait décidé.

Peut-être que je fais partie de ces gens qui dépendent des certitudes des autres.

Ma frustration, chaque début d'année, en remplissant la page de garde de mon agenda, à cause de la case « Personne à prévenir en cas d'accident ». Comme c'était humiliant d'écrire le nom de mes parents...

Mais je ne me suis pas mariée pour ça.

Non, je le trouvais parfait.

Pourtant il y avait des signes.

Je les vois maintenant.

C'est toujours facile après coup.

Jeanne verse du lait dans les bols. Charlotte et Lucas sont sagement assis à leur place, Lucas bâille, Charlotte lit pour la centième fois les informations inscrites sur le paquet de céréales.

Jeanne attend qu'ils aient commencé à manger, puis elle va dans sa chambre et commence à s'habiller. Victor se rase dans la salle de bains adjacente. Il la regarde dans le reflet du miroir.

« Tu es bien silencieuse. Hier soir, déjà, tu as à peine ouvert la bouche.

— Je suis crevée, et je ne me sens pas très bien. Je crois que j'ai une crise de foie.

— Ah bon ? Tu n'as pas aimé la soirée ?

— Mais si, bien sûr.

— Alors, dis-le !

— Je suis contente, je te remercie, c'était une très belle fête...

— Eh bien ! On ne dirait pas.

— C'est juste que pour mon déguisement, franchement, je ne sais pas ce qui t'a pris ! J'étais hyper mal à l'aise...

— Je ne vois pas pourquoi, ça t'allait très bien !

— Un déguisement de pute, Victor ! Il n'y avait rien d'autre susceptible de m'aller ?

— Tu exagères ! Pour moi, tu étais Julia Roberts...

— Et pour le reste de l'assistance, j'étais une pute !

— C'est tout ce qui te préoccupe, ce que les gens ont peut-être pensé ?

— Oui, ça me préoccupe. Et ce n'est pas peut-être, c'est sûrement. Sans compter les réflexions déclenchées par ton cadeau ! Est-ce que tu étais vraiment obligé de m'offrir de la lingerie devant cinquante personnes ?

— Tu adores la lingerie !

— Cinquante personnes, Victor !

— Cinquante amis !

— Quelques amis, des relations, ma mère, sans compter certains de tes confrères...

— Tu sais quel est le problème ? Tu n'es jamais contente. Je me donne un mal de chien pour te faire plaisir, mais tu n'es jamais contente !

— Non, Victor, tu te donnes un mal de chien pour te faire plaisir, ce n'est pas du tout pareil. »

Ils se regardent sans rien dire. Puis Jeanne rompt le silence.

« Je file, les enfants aiment arriver en avance le jour de la rentrée. »

Jeanne coince le téléphone dans le creux de son épaule, pour mieux inspecter sa collection d'orchidées.

« ... Oui, vraiment une surprise totale ! Oh ! je sais, Victor est exceptionnel. Enfin, je voulais vous remercier, j'ai été très heureuse de vous voir, et franchement vous m'avez gâtée, il ne fallait pas... La semaine prochaine, pourquoi pas ? Il faut juste que je consulte mon mari, c'est lui le maître du logis et du calendrier... »

Jeanne glousse, du petit rire de gorge qu'elle emploie systématiquement quand elle parle aux relations de Victor.

« Je vous rappelle pour convenir d'une date, je dois vous laisser, on sonne. »

Elle raccroche et ouvre la porte à Natacha. Son amie porte un carton ouvert qui déborde tellement de victuailles que seuls ses yeux et le haut de sa tête sont visibles. Ainsi chargée, elle semble encore plus petite.

« Tout ça pour trois tartes ? s'étonne Jeanne.

— C'est pas trois, c'est... autant que tu peux ! répond Natacha en laissant tomber le carton par terre. La bonne femme m'a rappelée, il y a plus de monde que prévu... Mais le budget reste le même, évidemment...

— Il faut que tu arrêtes de bosser comme ça ! Franchement, faites une grille de prix en fonction du nombre de personnes !

— Bien sûr, c'est ce qu'on fera, dès qu'on sera bien implantés... T'en fais une tête, ça va ?

— Oui, je suis crevée.

— Pas encore remise de la fête ? Il est incroyable, ce Victor ! Un mois qu'il préparait la soirée en cachette. »

Jeanne lui tourne le dos, occupée à sortir les plats d'un placard. Soudain, elle s'arrête net et fond en larmes.

« Mais qu'est-ce qui t'arrive ?... J'ai dit quelque chose ?

— Non, c'est pas toi... C'est rien.

— Non, c'est pas rien ! »

Natacha s'approche d'elle, complètement décontenancée.

« Dis-moi ce qui se passe, dit-elle doucement.

— Cette fête, c'était... C'était tout ce que je déteste...

— Je m'en doutais un peu, répond Natacha en souriant. Ce n'est pas grave, tout le monde s'est amusé, et ça partait d'un bon sentiment.

— Si, c'est grave, c'est grave d'être mariée à un étranger. C'est grave d'être marié à quelqu'un qui est incapable de te faire plaisir...

— Qu'est-ce qui t'aurait fait plaisir ?

— ... Je ne sais pas... Quelque chose pour moi, plus petit, avec les gens que j'aime vraiment... Quelque chose pensé pour moi. Tiens, le prof d'anglais des enfants, il m'a offert un livre. Ça m'a touchée, tu ne peux pas savoir. Juste un livre.

— Écoute, tu connais Victor ! Il prend des décisions et après, rien ne l'arrête...

— Il décide aussi pour les autres. Il sait tout mieux que tout le monde, et surtout mieux que moi ! J'ai toujours détesté cette suprématie de celui qui est plus âgé... J'ai l'impression de ne jamais avoir fait le moindre choix... Rappelle-toi notre mariage : le lieu, le menu, la musique, le photographe, il a tout choisi sans me demander mon avis ! Toutes mes amies fiancées se plaignaient que leur mec s'intéressait à peine aux préparatifs, et pour moi c'était l'inverse.

— Qu'est-ce que tu veux, c'était son second mariage...

— Mais pour moi, c'était le premier ! Il m'a volé ma soirée.

— Mais il a accepté de faire une soirée à thème...

— Parce qu'il aimait l'idée de sortir des sentiers battus, et que l'Inde était à la mode. Mais ce que tu ne sais pas, c'est que quelques jours avant la réception, il m'a annoncé qu'il s'était commandé un costume traditionnel avec babouches, turban, etc. J'étais effondrée ; je lui ai dit que je croyais épouser James Bond, pas Aladin. Il m'a dit que j'étais trop sérieuse, que ce serait plus marrant si on jouait le jeu à fond ! "Plus marrant" !... Le plus beau jour de ma vie !

— L'organisation du mariage est toujours une source de disputes. Pour tous les couples. C'est ce qui se passe avant et après qui compte.

— Avant, c'était difficile. Avec son fils. Il se méfiait de moi, c'est normal. Au début de notre relation, lorsque Paul venait passer le week-end chez son père, il dormait dans notre chambre, sur un lit de camp ! Et moi, je n'osais rien dire, je voulais juste me faire accepter.

— Ça a duré longtemps ?

— Jusqu'à notre mariage.

— Tu ne m'en as jamais parlé.

— J'avais honte ! Je savais que ce n'était pas normal ! Après, j'ai quand même réussi à convaincre Victor qu'il fallait habituer son fils à dormir dans sa chambre. Il a fallu qu'il se batte pour lui faire comprendre qu'il ne pouvait pas nous accompagner en voyage de noces, et encore, Paul a déclaré que si on faisait des voyages sans lui, on devrait les refaire avec lui...

— Ce qui compte, c'est que Victor t'ait donné raison...

— Tu sais, j'ai de drôles de souvenirs de notre voyage de noces. Quand on s'est retrouvés seuls au début, c'était très étrange. Ça ne nous était presque jamais arrivé puisque les week-ends où Paul n'était pas là, on voyait toujours plein de monde. Eh bien, on n'était pas franchement à l'aise, il y avait déjà des blancs pendant les repas. Déjà. La deuxième semaine, on est allés dans le Midi, chez mes parents. C'était super. De toutes les façons, je ne pense pas que j'aurais supporté qu'on soit deux semaines en tête-à-tête... Je crois que c'est pour ça que j'ai été d'accord pour faire un bébé tout de suite : on n'était pas faits pour être deux. Paul nous accompagnait en vacances, on n'avait pas d'intimité, alors, tant qu'à faire, autant avoir mes propres enfants.

— Mais après ?

— Après, rien ne s'est passé comme prévu. On est entrés dans une sorte de spirale : les petits sont nés, un garçon, une fille, "le choix du roi", n'est-ce pas ? Et je souriais bêtement... Je n'avais plus qu'à être une bonne épouse et élever mes enfants en visant la perfection. On s'est dit que je travaillerais plus tard, quand ils seraient grands. La suite, tu la connais...

— Qu'est-ce qui t'arrive ?

— Je ne sais pas. Viens, on va faire les tartes.

— Tu n'es pas heureuse ?

— Oh ! Je n'irais pas jusque-là...

— Pourtant, c'est ce que tu es en train de me dire !

— Je suis fatiguée, ne fais pas attention. Allez, les tartes !... Tu veux bien ? »

Sans attendre la réponse, Jeanne s'enfuit vers la cuisine où l'attendent ses moules et ses casseroles, si régulièrement astiqués qu'ils semblent neufs.

Elle sort rapidement les ustensiles dont elle aura besoin. Cet étalage d'objets utiles sagement alignés sur la table la rassure. Une image idéale.

Elle voudrait simplement que sa vie soit à l'image de ce spectacle harmonieux.

25 degrés sur la plage de La Baule.

Violette Meyer essaie de se concentrer sur un article de la revue *Nature* portant sur le calcium intracellulaire. Elle est biologiste, et ne perd jamais une occasion de se documenter sur sa spécialité. Un peu plus loin, sa fille Élise fait des pâtés de sable avec d'autres enfants.

Soudain, Violette entend Élise pleurer, et se précipite vers elle pour la découvrir aux prises avec un petit garçon qui lui a jeté du sable dans les yeux. Un homme blond l'a devancée, il gronde l'enfant en allemand tout en lui jetant à son tour du sable dans les yeux. Puis il laisse son fils à ses larmes, et s'éloigne dignement après avoir salué Violette de la tête.

« L'Allemand est efficace, se dit-elle en lui rendant son salut. Un peu radical, mais efficace. »

Violette prend sa fille dans ses bras, et la console en lui caressant les cheveux. Elle adore ces petits accidents qui donnent lieu à des câlins fortuits.

« Allez, viens, on va manger une glace. »

Élise refuse, mais Violette insiste. L'été précédent, le jeu préféré d'Élise était d'aller voir toutes les mères sortant le goûter de leurs enfants et de leur dire d'un air implorant

« Madame, s'il te plaît, je meurs de faim ! »

Violette avait beau démentir, rien n'altérait les regards chargés de doutes ou de reproches des autres mères. Une humiliation dont elle ne s'est toujours pas remise. Et qui sait s'il n'y avait pas une part de vérité ? Elle préfère désormais gaver sa fille plutôt que lui laisser l'occasion de se plaindre de malnutrition.

Elle rassemble leurs affaires, et entraîne sa fille vers le marchand de glaces.

Tandis qu'elles font la queue, Violette change sa montre de poignet, un pense-bête censé lui rappeler d'acheter un parfum à sa belle-mère. Élise observe les bacs remplis de crème glacée, très absorbée.

« Tu as du mal à choisir ? demande Violette.

— Non, je prends chocolat et chocolat. » Elle serre sa poupée contre elle.

« Et pour Miyayi, ce sera la même chose.

— Non, ma chérie, je n'achète pas de glace pour ta poupée. »

Élise va protester, mais, sentant sa cause perdue, elle préfère abandonner.

« Dis, maman, ça fait longtemps qu'on n'a pas vu ton mari !

— Tu veux dire ton papa, chérie. C'est parce qu'il travaille, mais tu vas le voir demain, dès notre retour, et...

— Et quand t'étais petite, ça existait, les autobus ? »

Plus tard, à l'hôtel, Violette regarde sa fille dormir, puis elle attache ses longs cheveux et commence à faire les valises en vue de leur retour.

Ranger lui est facile ; un plaisir, même. Très méthodique, Violette trouve la paix dans l'ordre et la logique. Il y a des règles pour tout, y compris pour faire sa valise.

Le rangement de fin de voyage est simple : un sac pour le linge sale, un autre pour ce qui est propre, il ne reste qu'à plier et disposer consciencieusement ce qui n'a pas été utilisé, une activité suffisamment mécanique pour réfléchir en même temps à l'article de *Nature* et établir la liste des points à soulever lors de la prochaine réunion au laboratoire.

Les valises du départ sont plus difficiles à faire. Violette choisit ses vêtements avec soin à partir de deux couleurs dominantes, en général le noir et le blanc. Chaque bas doit aller avec au moins deux hauts, car un vêtement qui ne serait porté qu'une fois la chargerait inutilement. Violette déteste le superflu.

Puis elle finit avec deux ou trois corsages de couleurs vives. Ce sont les règles.

Elles lui viennent de son père, qu'elle a souvent observé se préparer avant un voyage d'affaires. Lui finissait toujours par les cravates, assez fantaisistes pour suggérer une certaine personnalité mais affirmer sa sobriété.

De même, au dernier moment, Violette se force à insérer quelques touches de couleur pour égayer sa sélection, obéissant alors à un ordre dont elle a oublié la provenance.

Pas de choix draconien pour les affaires d'Élise. Violette choisit avec tendresse ce qui lui va le mieux, c'est-à-dire tout, en fin de compte. Puis elle complète chaque ensemble d'un petit gilet afin qu'elle n'ait pas froid, même si elle sait d'avance qu'en aucun cas, sa fille n'acceptera de le porter. L'odeur de sa fille conjuguée à celle du linge propre lui procure un bien-être absolu.

Violette referme le dernier sac, elle observe à nouveau sa fille qui n'a pas bougé, puis s'allonge près d'elle avec son bloc-notes.

Élise, mon ange,

Aujourd'hui, en t'observant, je pensais à plein de choses que je ne peux pas encore te dire. Alors j'ai décidé de te les écrire, pour garder un peu du temps qui court.

J'aime les matins de nos vacances, lorsque tu te réveilles et viens te blottir contre moi, toute gorgée de soleil et dorée comme un abricot. J'aimerais que tu restes toujours comme aujourd'hui. Ma toute petite fille qui a tellement hâte de porter des « trian-gorge ».

Bientôt ce sera la rentrée des classes, et cette fois je ne pleurerai pas. Même quand ta main lâchera la mienne sans regret, et que tu me lanceras un petit « Bye ! », je ne pleurerai pas.

Je me dirai que j'ai de la chance d'avoir un enfant épanoui, plutôt qu'une pleureuse qui s'accroche à mes jupes. Je me répéterai que non, ça ne veut pas dire que tu n'as plus besoin de moi. C'est promis, je ne pleurerai pas.

Je ne sais pas pourquoi on pense seulement aux enfants quand on demande comment s'est passée la rentrée. L'épreuve la plus terrible est pour les mamans.

Le commencement de la fin, le jour où la société établit que leur tout petit ne leur appartient plus.

Je sais qu'il y aura de multiples occasions de craquer mais je tiendrai bon : spectacles, chorales, Carnaval de l'école... À chaque fois, j'y vais mi-réjouie, mi-tendue parce que je sais qu'une fois encore, je serai au bord des larmes.

Je dois être la seule, car lorsque je regarde autour de moi, je ne vois que des parents souriants, détendus. Certains filment ou prennent des photos ; d'autres profitent simplement de l'instant. Moi, je baisse la tête pour cacher mon trouble, je respire à fond pour tenter de réduire l'étau qui m'oppresse. Je me demande si c'est ma petite fille qui me bouleverse, ou le souvenir de celle que j'ai été.

Le pire, c'est le club des Poussins, l'été. Je t'emmène à tes cours de natation le matin, puis au miniclub l'après-midi. Tu rapportes des magazines à colorier, et surtout des jouets en plastique dont l'odeur me plonge aussitôt vingt-cinq ans en arrière. Tandis que je m'époumone à essayer de gonfler un gros ballon multicolore, l'odeur chimique que j'inspire à plein nez me projette instantanément dans mon enfance.

C'est lors de moments pareils que je comprends tout ce que je traîne à mon insu, lorsque je te fais vivre des instants de mon passé. Je me vois à la place de ma mère, et cette place m'offre un nouveau lien pour m'unir à elle. Je tisse ce lien, je l'entretiens précieusement. C'est tout ce qui me reste d'elle.

Natacha Fernet est attablée devant une montagne de nourriture.

Elle vient de finir de préparer des toasts au beurre d'anchois, et commence à couper du saucisson. Son associée, Lola, remplit des paniers de crudités soigneusement épluchées.

Armée de gants en caoutchouc, la mère de Natacha prépare des plateaux de saumon fumé.

Les trois femmes ont mis une pince pour retenir leurs cheveux et portent un tablier.

« Bon, dit Lola, je vais faire un premier voyage.

— Tu emmènes quoi ? demande Natacha.

— Tout ce qu'on déballe sur place, plus les boissons.

— Y'a au moins vingt packs, je viens avec toi. »

Son portable sonne.

« Allô ?... Oui, madame Morelle... Des huîtres ? Ah non, je ne pense pas... Si, c'est une bonne idée, mais c'est trop tard, il aurait fallu les commander à l'avance, ne serait-ce que pour qu'ils aient le temps de les ouvrir et de préparer les plateaux... La prochaine fois, oui... On ne va pas tarder, j'arrive avec Lola pour commencer à préparer le buffet. »

Elle raccroche et regarde son associée d'un air entendu.

« Elle me reparle d'huîtres encore une fois et je l'envoie balader.

— Pourquoi ? demande sa mère. Ce n'est pas forcément une mauvaise idée ; ça ne demande aucune préparation et les gens adorent ça.

— Justement, ils aiment trop ça, il faudrait doubler le budget. Avec les moyens dont on dispose, il y en aurait deux par tête, c'est inenvisageable.

— Souviens-toi du trophée de golf d'Étretat ! renchérit Lola... C'est notre hantise, explique-t-elle à la mère de Natacha. On était à un cocktail, il y avait un buffet de fruits de mer, et trois types ont fait un concours d'huîtres. Le gagnant en a mangé sept douzaines, le buffet était dévasté, c'était une horreur !

— Bon, maman, on fait un premier voyage et on revient. Tu peux t'occuper des canapés au concombre, en attendant ? »

Quatre allers-retours sont nécessaires pour emporter la nourriture et les cartons de bouteilles sur le lieu de la réception. Enfin, Natacha et Lola reviennent, exténuées, en nage.

« C'est combien, déjà, votre marge, sur une soirée comme ça ? demande la mère de Natacha en leur remettant le dernier plateau de canapés.

— Ne sois pas mesquine, maman, on a dit qu'on ne faisait aucun calcul de ce genre avant l'année prochaine ! »

Elles effectuent la dernière livraison et se séparent, le temps de se faire belles.

Le soir venu, le bluff doit être total.

Lorsque Natacha arrive, Lola est déjà là. Glamour. Méconnaissable. Elle est en train de photographier le buffet.

« Qu'en penses-tu ? demande-t-elle à Natacha. Je le trouve particulièrement réussi, je pense qu'on pourra mettre les photos dans notre book.

— Désolée d'arriver si tard. J'avais une piqûre à faire et le cabinet d'infirmières était bondé. Tu as raison, le buffet est superbe. Et sinon, comment ça se présente ?

— Très bien, ne t'inquiète pas.

— Je voulais aller chez le coiffeur, mais je n'ai pas eu le temps.

— Tu n'en as pas besoin. Elle vient d'où, ta robe ?

— Vintage. Elle n'est pas trop triste ? Toute noire comme ça...

— Oh non ! Quand on est blonde comme toi, c'est joli, au contraire... Ne te retourne pas tout de suite, mais il y a un jeune qui a attaqué le buffet !

— Ah bon ? Il faut lui dire d'attendre !

— J'ai peur que ce ne soit le fils de madame Morelle...

— Bien vu ! Je vais me renseigner et je reviens. »

Les premiers invités arrivent.

Rapidement, les gens se bousculent, l'étudiante engagée pour s'occuper du vestiaire n'est pas là et Lola est obligée de la remplacer, tandis que Natacha passe derrière le buffet déjà saccagé pour tenter d'y faire régner un peu d'ordre.

Une des invitées qui n'a pas compris que Natacha est l'organisatrice la prend pour une serveuse et vient la rejoindre, compatissante :

« Ma pauvre, vous êtes toute seule, laissez-moi vous aider ! »

Natacha retrouve Lola, deux heures plus tard. Elle est épuisée et lui raconte le quiproquo en riant nerveusement.

« ...Tant qu'à être prise pour une serveuse, la prochaine fois, je mettrai un petit tablier blanc, j'arriverai peut-être à choper quelques pourboires ! »

Lola tend fièrement la main et exhibe quelques pièces :

« Moi, j'en ai eu !

— Deux euros cinquante ! s'esclaffe Natacha... Il faut qu'on change de métier ! »

Natacha pousse la porte et regarde autour d'elle, un peu mal à l'aise.

Elle remarque aussitôt un énorme fauteuil en cuir bleu, un de ceux dans lesquels on s'enfonce indéfiniment avec la crainte de ne jamais pouvoir se relever. Le genre qui lui fait se sentir encore plus petite. Elle déteste ça. Elle reste debout, et lisse machinalement le bas de sa robe trapèze.

« Je me mets où ?... Le fauteuil bleu ? Ah ! Enfin, tant mieux, j'avais peur d'être obligée de m'allonger...

C'est mon gynécologue qui m'envoie.

Parce que je n'arrive pas à avoir d'enfant. Ça fait six ans que j'essaie.

Je viens de changer de médecin, en fait le docteur Dumas est le quatrième gynéco que je consulte. Vous le connaissez ?... J'espère qu'avec lui, ça marchera, on m'en a dit beaucoup de bien et c'est mon dernier espoir.

Pendant notre premier rendez-vous, il m'a demandé si j'avais déjà vu un thérapeute, j'ai répondu que non, et il m'a dit que ça valait la peine d'essayer, au cas où je ferais un blocage. Du coup je me suis dit qu'effectivement, au lieu de changer régulièrement de gynéco, il valait peut-être mieux trouver un bon psy. Et me voilà...

C'est vrai, je me suis déjà posé la question concernant un blocage éventuel, d'autant qu'on n'a trouvé aucune cause médicale à notre infertilité.

Avec Philippe, mon mari, on a d'abord essayé naturellement pendant un certain temps. Au début, je n'étais pas vraiment pressée, je me voyais bien poursuivre mon adolescence pendant quelques années encore. Mais, au bout de dix-huit mois, je me suis dit que ce n'était pas normal et j'en ai parlé à mon gynéco. Il m'a juste demandé de prendre ma température pour connaître le jour de l'ovulation. En découvrant mes courbes de température chaotiques, il m'a dit que j'avais une faiblesse au niveau de l'ovulation. J'ai fait des examens, il n'a rien trouvé, et m'a prescrit des hormones et des piqûres de stimulation pendant dix jours, avant qu'on fasse d'autres tentatives de conception naturelle. J'ai pris six kilos d'eau avec son traitement, autant vous dire que je me sentais très mal.

J'ai décidé d'aller voir un spécialiste dès le deuxième essai, parce que j'ai réalisé que mon gynéco n'avait même pas fait faire de tests à mon mari avant de me prescrire son traitement.

Je vous ennuie avec tous ces détails ?... Je me sens obligée de tout vous raconter pour que vous sachiez quel est mon parcours. C'est l'accumulation de toutes ces déceptions qui fait que je me retrouve chez vous aujourd'hui. Je n'avais jamais envisagé de consulter avant...

Le second gynéco a testé Philippe, il a décelé une petite défaillance, et nous a recommandé l'insémination.

Je ne me sentais pas très à l'aise avec ce médecin, j'ai voulu un troisième avis. Philippe a refait le test, et cette fois les résultats ont été bons. On ne comprenait plus rien et on a décidé de tout reprendre à zéro.

Je me suis fait opérer : le nouveau médecin voulait regarder à l'intérieur si tout allait bien. Il en a profité pour rectifier mon canal qui était "en chicane". Ça veut dire tout tordu. Vous le saviez ?...

Après l'opération, on s'est dit que tout irait bien.

Le programme était simple : trois mois d'essais avec des cachets de stimulation et une conception programmée au meilleur moment. Voire à la meilleure heure.

Mais Philippe n'est pas arrivé à se conformer à l'horloge, l'idée de programmer nos rapports sexuels le rendait dingue. Il a fait un blocage, il n'y arrivait pas...

Pour moi ? C'était différent. Moins pénible, sans doute, mais ce n'était pas évident non plus. J'étais complètement ailleurs. Quand on faisait l'amour, je pensais sans cesse aux films sur la reproduction qu'on nous passait au lycée. On y voyait des petits spermatozoïdes à l'assaut de l'ovule, et c'était la grosse bagarre pour arriver en haut. Ils avaient une tête très sympathique, certains avaient des épées et des armures, d'autres étaient à ski ou en rollers... L'ovule, c'était un œuf, avec à l'intérieur une petite dame qui attendait en tricotant.

C'était super mignon... mais pas très romantique ! D'ailleurs, ça n'a pas marché.

Et on a commencé les inséminations.

Six mois d'insémination. Une par mois ! Depuis, tout le monde m'a dit que c'était de la folie de les faire si rapprochées, mais je n'en savais rien, j'ai suivi les directives du médecin. Ces six mois ont été de la pure frénésie. J'ai cru devenir folle.

Je n'étais pas préparée, je n'ai pas anticipé le choc physique et psychologique du traitement.

En plus, quand le médecin déposait les spermatozoïdes, il me triturait avec la pipette et il me faisait saigner à chaque fois, c'était horrible. Moi, je n'osais rien dire, j'avais l'impression d'être prise en otage puisque mon avenir dépendait de lui.

J'ai commencé à perdre les pédales après la quatrième insémination, j'en ai fait encore une, et puis la grande question a commencé à m'obséder : pourquoi moi ?

Je me sentais coupable, et diminuée en tant que femme. C'était forcément ma faute, mais il n'y avait pas la moindre explication, pas la moindre réponse aux "pourquoi" et aux "comment".

Le gynéco a vu que j'allais mal, il m'a arrêtée trois semaines avant la dernière insémination, pour me permettre de me reposer...

Je suis attachée de presse. C'est stressant, mais j'aime ça. Avant, je travaillais dans une agence, mais, il y a trois mois, j'ai monté ma boîte avec une amie, Lola. Nous sommes spécialisées dans l'organisation de soirées privées...

Cette boîte, c'était mon idée. J'y pensais depuis le mariage de mon amie Jeanne, la réception a été un véritable fiasco. Rien ne s'est passé comme prévu, parce qu'il n'y avait personne pour s'assurer que ses demandes étaient respectées. Et je me suis dit que j'aimerais être cette personne-là, pour d'autres gens...

L'été dernier, on est partis en vacances sur la Côte avec Lola et son mari, et on a passé notre temps à s'inviter partout où il y avait des réceptions pour pouvoir observer.

C'est facile, même aux mariages, parce que la famille croit toujours que vous êtes invitée par "l'autre côté", donc on ne vous pose pas de questions... Qu'est-ce qu'on a pu rire !

Notre boîte marche plutôt bien, mais c'est un travail épuisant parce qu'on accepte de tout petits budgets pour se faire connaître dans le milieu. Les petits clients sont aussi difficiles que les gros, alors qu'ils ont dix fois moins d'argent... Mais on se défonce pour se faire une bonne réputation... Et on se fait aider : nos familles, nos amies, tout le monde met la main à la pâte...

Avant les inséminations, je n'avais pas encore ma boîte, mais je travaillais déjà beaucoup, et, quand le gynéco m'a arrêtée, ça a été pire. J'avais plus de temps pour me poser des questions. Mais toujours pas de réponse.

Ma mère m'a dit que peut-être, inconsciemment, je ne souhaitais pas vraiment avoir d'enfants. J'étais sûre du contraire, mais ça m'a fait douter de moi, douter de tout.

Douter d'être normale.

Je ne pouvais pas m'empêcher de penser que si je n'étais pas capable d'être mère, alors je n'étais pas vraiment une femme. Dans notre société, aujourd'hui encore, on n'est pas tout à fait une femme si on n'a pas d'enfants. Vous n'êtes pas d'accord ?

Mais si je n'étais plus une femme, je n'étais plus rien. Une sous-femme, peut-être... En tout cas, c'est l'impression que j'ai eue.

J'ai décidé d'arrêter les traitements pendant quelques mois, et on est partis en vacances avec Philippe. En rentrant, j'allais mieux, je me sentais apaisée, déculpabilisée, je me suis dit qu'on y arriverait peut-être tout seuls.

Le temps avait passé, je ne doutais plus : ma mère avait tort. Je veux vraiment avoir un bébé. J'en suis sûre.

J'ai recommencé à aller mal au mois de mai dernier, c'est le moment où fleurissent les femmes enceintes. Elles me font un effet terrible. Je ressens des réactions épidermiques et je n'arrive pas à les contenir...

Je ne les déteste pas toutes, seulement les moches, c'est odieux, n'est-ce pas ?

Avec Philippe, le dimanche, on va faire notre marché, et on prend un café en terrasse quand il fait beau. Et là, je suis aux premières loges. Je regarde les femmes passer, la plupart sont grosses, je me demande si elles sont enceintes ou encore gonflées suite au dernier bébé...

J'en prends une au hasard, et je ne la quitte plus des yeux. Elle tire un gros caddie et derrière elle, il y a déjà deux enfants qui pleurent avec de la morve plein le visage.

Elle ne les regarde pas. De temps en temps, elle se retourne juste pour leur hurler dessus. Elle doit être méchante, il faudrait la dénoncer aux services sociaux.

Je suis sûre qu'elle fait des enfants uniquement pour toucher des allocs. Je la méprise.

Je regarde Philippe, et je me dis qu'avec nous, tout serait différent. Nous, déjà, on est beaux... Je vous choque ?... En vérité, aujourd'hui je suis à l'aise avec mon physique, mais ça n'a pas toujours été le cas. J'avais le syndrome de la jolie blonde qui essaie de prouver qu'elle n'est pas idiote. J'ai passé une partie de ma vie à m'habiller des couleurs passe-partout en espérant faire oublier mon physique.

Remarquez, on m'a toujours dit que j'étais jolie, mais jamais que j'étais belle. Du coup, je pense que je suis "bien, mais pas assez". Il y a quelque chose qui manque.

Parfois, je me dis que c'est peut-être ce même petit quelque chose en moins qui m'empêche d'être mère...

Enfin, aujourd'hui, j'ose me mettre en valeur, je me moque de ce qu'on peut penser de moi. Mais j'avoue que je continue à être plus audacieuse pour les autres que pour moi-même... Parce que moi... il y a quelque chose qui manque.

J'en étais où ? Ah oui, avec nous, ce serait différent...

Enfin, je ne dis pas ces choses-là à Philippe, vous savez, je suis lucide, je sais que c'est nul de penser à des choses pareilles, j'aurais honte s'il savait ce qui se passe dans ma tête...

De toute façon, quand on prend notre café, il lit le journal, il ne regarde pas les gens passer. Je crois qu'il fait exprès de ne pas penser aux autres couples...

En septembre, on est passés à la vitesse supérieure : la fécondation *in vitro*. Un terme froidement technique pour désigner une spirale infernale.

Dès la première FIV, les problèmes ont commencé entre Philippe et moi.

Pendant toute la durée du traitement – trois semaines quand même ! –, je suis tendue parce que c'est l'enfer. Il faut gérer l'emploi du temps médical, et le concilier avec le travail, c'est super difficile. Et épuisant. J'ai trouvé une infirmière près de chez moi, pour les piqûres quotidiennes, mais c'est quand même très contraignant.

Moi qui déteste les piqûres... Je ne sais pas si vous savez, mais, au bout de dix jours, on passe à deux piqûres, et même parfois trois à la fin s'il faut rajouter des hormones de croissance.

Tous les jours, à la même heure. Surtout ne jamais en rater une, pas le droit à l'erreur.

Vous n'imaginez pas dans quel état de stress je suis quand je dois quitter le lieu où l'on prépare une réception, me taper les embouteillages pour arriver avant huit heures chez l'infirmière, rentrer chez moi me changer... Et quand je retourne sur place, je suis censée être fraîche et pimpante.

Cette comédie m'épuise.

Philippe, lui, râle tout le temps. Avant chaque FIV, il me demande pendant une semaine : "Alors, ça tombe quel jour ?" Et à chaque fois, je réponds la même chose : "Je n'en sais rien, ça dépend des ovocytes, c'est le médecin qui décide, c'est lui qui sait quand c'est prêt."

Pendant toute cette période, je me sens mal. Je suis gonflée à cause des médicaments, donc je n'ai pas faim, je suis fatiguée, nerveuse, irritable. Lui, on dirait qu'il a oublié mon état, ou qu'il ne réalise pas.

Souvent, le soir, je reste allongée dans le canapé en me tenant le ventre. Et Philippe me demande ce que j'ai mangé, ou si je fais la gueule. Ça me désespère de voir qu'il n'a pas la moindre idée de ce que je ressens. Et je me dis que c'est inutile d'essayer de lui expliquer.

Parfois, je pense même qu'il n'en vaut pas la peine.

Quand je m'endors devant la télé, il me dit : "T'es tout le temps crevée, t'es chiante !"

Ça fait trois fois que, deux jours avant la FIV, il me dit tout à coup : "J'ai réfléchi, ça ne va pas... Je crois que tu ne m'aimes plus... Tu es sûre qu'on fait bien d'être ensemble ? On ne s'entend pas... C'est peut-être mieux qu'on n'ait pas d'enfant." J'ai l'impression de devenir folle. Alors j'explose. Ces derniers temps, on se quitte verbalement la veille de chaque FIV...

Et le lendemain, le grand jour arrive, on part tous les deux à sept heures du matin pour l'hôpital. Parfois, il y a déjà une vingtaine de personnes qui attendent quand on arrive, et on a vraiment l'impression d'être un numéro. Surtout que l'approche de l'équipe médicale est purement technique. Je ne sais pas si c'est parce qu'ils sont blasés, ou pour se protéger, en tout cas, les rapports humains sont terriblement froids. J'ai bien essayé de parler au psychologue de l'hôpital une fois, mais il était débordé, il m'a dit de revenir une autre fois...

Quand c'est mon tour, on me fait la ponction des ovocytes. Vous savez ce que c'est ?

Oui, bien sûr, après tout, vous êtes médecin. Pendant longtemps, j'ai vu ces mots passer dans les magazines féminins, mais ça ne m'évoquait rien... Maintenant je suis la spécialiste.

Enfin, bref, pour la ponction, on me fait une anesthésie générale, enfin, très courte, ils appellent ça un flash, mais j'avoue que ça m'impressionne quand même.

Pendant ce temps, Philippe donne son sperme. Quand c'est fait, il part pour le bureau et il revient me chercher une fois que moi, j'ai le droit de sortir...

Comment ?... Non, on ne va jamais nulle part après, pas même prendre un café ; il me ramène à la maison, c'est tout. Moi, je suis crevée à cause de l'anesthésie, et lui, il repart travailler.

En rentrant, je me mets au lit et je commence à rêver. Je sais que les ovocytes les plus faibles mourront, et que d'autres ne seront pas fécondés. Quand il pleut, je n'ose même pas regarder par la fenêtre. Surtout si c'est un lundi. Normalement, la réimplantation a lieu au bout de deux jours. J'attends en faisant des projets.

Enfin, j'attendais en faisant des projets, maintenant je n'ose plus. »

Le laboratoire où travaillent Violette et son mari, Gilles Meyer, est en effervescence. On célèbre l'agrandissement de leur unité de recherche : cent mètres carrés supplémentaires au sein de l'hôpital Lariboisière où les deux époux travaillent.

Les nouvelles pièces sont encore vides en attente du nouveau matériel, et les équipes en profitent pour y organiser une réception.

Le budget étant assez mince, Violette a suggéré de mandater la société de son amie Natacha pour le cocktail. Un peu en retrait, elle regarde son amie se démener autour du buffet.

Puis elle se concentre sur l'arrivée des invités : pour les membres du labo, cette soirée est l'occasion d'inviter les proches. Violette attend Maud, sa petite sœur, elle a hâte de lui faire découvrir son monde.

Elle regarde sa montre. Est-ce qu'Élise a bien mangé ? Elle s'était promis de rentrer l'embrasser et de passer un moment avec elle avant de ressortir, mais ça n'a pas été possible.

Ne pas culpabiliser, la petite adore son baby-sitter et en profite certainement pour faire la folle avec lui. Est-ce qu'il reste des crèmes à la vanille ? Il faudrait vérifier. Sans rien pour écrire à proximité, elle change sa montre de poignet.

Elle cherche Gilles des yeux et le trouve, en grande conversation avec son directeur d'unité. Il surprend son regard et lui sourit. Elle s'apprête à les rejoindre, lorsque sa sœur arrive, escortée de son compagnon, Laurent, que Violette rencontre pour la première fois.

Âgée de quatre ans de moins que Violette, Maud lui ressemble beaucoup. Les mêmes cheveux longs et noirs encadrent son visage, mais, à la différence de sa sœur, elle ne cherche pas à les discipliner. Elle porte des vêtements amples aux couleurs vives.

À côté de Violette, elle semble en être un portrait plus débridé.

Violette fait visiter les lieux au jeune couple, puis les emmène au buffet. Un jeune étudiant en thèse, membre de son équipe, vient les interrompre timidement.

« Madame Meyer, excusez-moi de vous déranger. Il se trouve que j'ai appris que votre père dirige le groupe Valcorp, et j'ai un service à vous demander. C'est pour mon frère. Il doit faire un stage en entreprise et il rêverait d'intégrer celle de votre père. Vous pourriez peut-être faire quelque chose pour lui ? »

Violette repousse une mèche qui lui barre le visage.

« Je suis désolée, mais ce n'est pas possible. Mon père est résolument opposé à toute forme de parrainage. C'est un principe immuable. Il me dira qu'il faut que votre frère adresse son C.V. au directeur des ressources humaines. Je regrette... »

Une autre personne vient la saluer, et Laurent en profite pour entraîner Maud discrètement.

« Pas très sympa, ta frangine, elle pourrait essayer, on ne sait ja...

— Tu ne connais pas mon père ! C'est une tige de fer... Question principes, il se situe légèrement à la droite de Goering...

— Ah bon ? Ça doit être drôle, chez vous...

— C'est vrai. Enfin, maintenant, on se voit rarement et, quand on se voit, on fait en sorte de ne parler de rien. Plus on s'ignore, mieux ça va.

— Ah...

— Mon père zappe les gens. C'est comme ça. Depuis qu'il s'est remarié, on se croise environ deux fois par an... Il a l'habitude de virer ses employés ; un jour, il a décidé de virer ses enfants. Il n'est pas fâché, il ne nous déteste pas, il nous a congédiés, c'est différent. »

Violette vient les rejoindre et Laurent s'éloigne pour aller chercher à boire.

« Tu as vu Gilles ? demande Violette à sa sœur.

— Oui, vite fait, il est scotché avec un type plus âgé. Je me suis demandé si c'était votre patron, celui qu'il espère remplacer un jour ?

— Oui, on peut dire ça comme ça. Enfin, tu sais, tous les directeurs de recherche cèdent leur place au bout de douze ans, et Gilles a de bonnes raisons de prétendre lui succéder.

— Je ne comprendrai jamais pourquoi tu le laisses récolter tous les honneurs alors que tu es au moins aussi compétente que lui...

— Je t'ai déjà expliqué, Maud ! Il n'y a pas de compétition entre nous. Quand il récolte des honneurs, comme tu dis, ça me fait plaisir. Et je trouve ça logique. Je suis un peu moins présente puisque j'ai besoin d'être disponible pour Élise. Et, de toute façon, je ne suis pas sûre d'être capable d'assumer davantage de responsabilités.

— Bien sûr que si !

— Non, franchement, ça m'arrange de me retrancher derrière quelqu'un. J'aime le travail d'équipe, je n'ai pas besoin de monter plus haut dans la hiérarchie. Ma place me convient.

— C'est faux. Je suis sûre que tu te diminues pour valoriser Gilles.

— Je lui dois bien ça.

— Qu'est-ce que tu veux dire ?

— Il m'aime tellement... Et puis, c'est sans doute un vieux réflexe : l'habitude de voir un homme prendre beaucoup de place. Tu connais ça aussi bien que moi...

— Ce n'est pas parce que papa écrase tout le monde qu'il faut laisser Gilles te marcher dessus !

— Mais Gilles ne me marche pas dessus ! Qu'est-ce que tu racontes ? »

Maud soupire.

« Rien, j'aimerais qu'on te reconnaisse à ta juste valeur, c'est tout.

— Je ne sais pas de quoi tu parles. Et je t'assure que je suis très contente de ma place. »

Maud la regarde sans répondre. Violette s'éloigne.

Le petit appartement de Violette est encore mieux rangé qu'à l'ordinaire. Les quelques papiers qui traînaient sur la table ont tous été classés dans les boîtes de rangement étiquetées qui garnissent entièrement une grande étagère dans le salon.

Violette dispose avec soin de la vaisselle en carton sur la table ronde. Elle sourit en entendant le bruit de la clé dans la serrure, lui indiquant l'arrivée de Quentin.

Depuis un an, c'est lui qui va chercher Élise à l'école et il s'occupe d'elle en attendant le retour de Violette, vers dix-neuf heures. C'est aussi lui qui la garde le soir quand elle sort avec Gilles. Violette sait combien il est attaché à sa fille, elle lui fait entièrement confiance et il fait maintenant partie de la famille.

Ce mercredi, Violette a pris son après-midi car c'est l'anniversaire d'Élise ; Quentin n'est venu que pour le plaisir d'assister à la petite fête organisée. Il entre et contemple la petite fille avec ravissement.

« Bon anniversaire, mon poussin ! »

Il l'embrasse et se tourne vers Violette.

« Il pleut un peu, tu veux que je me déchausse ?

— Mais non, c'est du parquet...

— Tu es sûre ? Parce que mes chaussettes sont neuves ! »

Quentin enlève son blouson, il jette un coup d'œil dans le miroir, et ajuste son T-shirt Petit Bateau moulant à souhait, ainsi qu'une mèche de ses cheveux châtain clair retenus par un catogan. Un porte-clés Maya l'Abeille est accroché à l'un des passants de son jean.

Il s'agenouille pour ouvrir un gros sac contenant un cadeau pour Élise, et du matériel de coiffure : Quentin est étudiant en BTS, Violette et Élise lui servent parfois de modèles.

« Et si je vous faisais un petit chignon ?

— Oh oui ! s'exclame Élise.

— C'est gentil, mais je n'aurai pas le temps, dit Violette. J'ai encore des choses à préparer pour le goûter. »

Quentin prend son matériel et ils se dirigent tous trois vers la salle de bains. C'est un endroit exigu mais bien rangé, et ils sont habitués à le transformer en mini-salon de coiffure. Violette installe un tabouret devant le miroir, et Élise grimpe gaiement dessus.

Quentin se lave soigneusement les mains et commence à la coiffer.

« J'ai posé des faux ongles à une copine, hier, et je lui ai fait une french. C'était terrible !

— Ah bon, c'était moche ? demande Violette.

— Non, magnifique ! Je me suis inspiré de Barbra Streisand.

— Vraiment ?

— Tu sais bien que je l'adore. C'est grâce à elle que je suis devenu coiffeur et manucure prothésiste. Elle a été l'élément déclencheur de ma carrière... Enfin, j'essaie de ne pas trop saouler les gens à son sujet parce que mon copain dit que je suis obsessionnel... Au fait, mon voyage à Miami est confirmé, je pars pour le Nouvel An. Tu vas pouvoir t'arranger ?

— Sans problème, la mère de Gilles a dit qu'elle te remplacerait volontiers.

— Tant mieux. Ce voyage, c'est mon rêve. Et puis, tu sais, je vais prospecter, voir quelles sont les possibilités pour moi sur place...

— C'est-à-dire ?

— Je rêve de m'installer aux États-Unis. Là-bas, les femmes prennent encore soin d'elles : toujours un beau brush, une manucure impec... J'adore ! Je mets de l'argent de côté tous les mois dans l'espoir de partir un jour. »

Encore quelques minutes et le chignon d'Élise est fait, elle pousse un cri de joie en découvrant le résultat, puis descend lestement du tabouret.

« Maman, je peux manger un bonbon en cachette ? » Sans attendre la réponse, elle déguerpit, retourne dans le salon et allume la télévision.

Le générique de *Princesse Sarah* retentit, et Élise commence à chanter, la bouche pleine. Violette réussit à ne pas ciller, tandis que Quentin entonne la mélodie avec enthousiasme.

Une heure plus tard, la fête bat son plein. La fée exigée pour l'occasion contrôle parfaitement la situation : les enfants ont joué dans le plus grand calme et l'écoutent maintenant raconter une histoire.

On sonne, Violette ouvre la porte et découvre son père qui porte un cadeau.

« Tu t'en es souvenu ! s'étonne-t-elle.

— Oui, ma secrétaire l'avait noté sur mon agenda.

— Entre, on allait souffler les bougies...

— Non, merci, je n'ai pas le temps, dit-il en lui tendant le paquet. Tu le lui donneras. C'est éducatif, tu me connais.

— Viens au moins le lui donner toi-même...

— J'ai une réunion et je suis garé en double file, je t'appelle. »

Violette referme la porte derrière lui et retourne dans le salon retrouver les enfants, bouche bée.

« C'était qui ? demande sa sœur Maud à mi-voix.

— Papa.

— Il a déposé son cadeau et il a filé, c'est ça ? »

Violette hoche la tête. Maud va lui répondre, mais le conte s'achève sous de joyeux applaudissements.

« C'était qui ? demande Élise à son tour.

— Ton grand-père, il était très pressé, mais il t'a...

— Et Christophe, il vient quand ?

— Je ne crois pas qu'il viendra, c'est impossible, il travaille...

— Christophe ? demande Maud.

— Le livreur du supermarché, explique Violette ; elle l'a invité, elle l'adore.

— C'est mon copain ! confirme Élise avant de tourner les talons.

— Et Gilles, demande Maud, il ne peut pas passer ?

— Il est bloqué au labo, ils font une manipulation très importante aujourd'hui. »

La fée suggère d'apporter le gâteau, Violette s'exécute, Élise souffle les bougies avant que sa mère n'ait le temps de prendre une photo, et elle refuse de recommencer car c'est l'heure d'ouvrir ses cadeaux.

À travers le brouhaha, on entend un concerto de piano.

« Qui est-ce qui joue ? demande Maud.

— C'est le voisin du dessus, il est pianiste. »

Maud secoue la tête en découvrant les cadeaux reçus par sa nièce.

« Je n'en reviens pas de tous ces gens qui achètent des Barbie ! Ils ne sont pas au courant que Mattel fait travailler des enfants de l'âge des leurs en Chine ? s'exclame-t-elle, révoltée. Moi, je lui ai acheté un petit lit en bois pour poupée, un jouet ancien, tu vas voir la merveille... »

Il est dix-sept heures. Au grand désespoir de Violette, la fée quitte le navire, bientôt suivie par Maud qui doit retourner travailler, et Quentin qui s'éclipse pour aller à un cours. Violette commence à regarder nerveusement sa montre en priant pour que les parents soient à l'heure.

La première maman à venir chercher ses enfants est Jeanne.

« Ça s'est bien passé ? demande-t-elle en entrant.
— Oui, et puis tes enfants sont plus grands, c'est plus simple avec eux. Je te sers un café ?
— Non merci, je suis très mal garée et il faut qu'on rentre faire les devoirs. »

Violette, qui comptait sur du renfort, laisse son amie partir à regret.

Les autres parents se font attendre et, en un temps record, tout l'appartement est submergé par un immense désordre.

Enfin, le premier coup de sonnette. Violette accueille une maman et les enfants détalent pour continuer à jouer dans la chambre d'Élise.

Un quart d'heure de conversation polie, la maman repart avec sa fille. Ça hurle dans la chambre d'Élise, et Violette s'y précipite.

Elle manque de défaillir en découvrant le chaos : les enfants ont déballé tous les cadeaux, une petite fille est occupée à étaler consciencieusement de la pâte à modeler par terre, une autre a entrepris de vider entièrement l'armoire. Les autres sautent sur le lit en hurlant.

Dans la salle de bains : atelier maquillage. Le poudrier de Violette est renversé sur le carrelage, un petit groupe se farde mutuellement à l'aide de ses produits préférés.

Violette renonce à faire quoi que ce soit dans l'immédiat.

Pendant l'heure qui suit, les parents arrivent au compte-gouttes.

Une fois la porte refermée sur le dernier invité, Violette se laisse tomber dans un fauteuil, accablée. Le salon est sens dessus dessous.

Élise vient s'installer sur ses genoux, aux anges.

« Maman, on fera d'autres fêtes, pas vrai ? »

Oui, faire absolument une fête l'année prochaine. Ne serait-ce que pour vérifier que certains enfants sont pires que les siens.

Élise, ma chérie.

Tu as eu quatre ans aujourd'hui.
Quatre ans de bonheur, quatre ans d'amour fou qui ont changé ma vie.
Je me souviens encore du moment où j'ai deviné que j'étais enceinte.
J'étais en voiture, j'écoutais la radio, ils ont passé la chanson d'Émilie Jolie et j'ai fondu en larmes. Ça ne me ressemblait pas du tout, et je me suis dit que je devais couver quelque chose. Ce qui était exactement le cas, en fait.
C'est seulement depuis que je suis mère que j'ai appris à dire non, c'est en toi que je puise ma détermination quand je dois être forte. Dans les moments de doute, je cherche l'inspiration sur ton visage, je la trouve toujours.
Je ne sais pas pourquoi je suis si grave, surtout quand j'écris, il faut que j'apprenne à être plus légère pour toi. J'essaierai aussi de répondre aux questions que tu ne tarderas pas à me poser.

Tout à l'heure, je t'ai regardée t'amuser, j'envie ta démesure. J'espère que tu la garderas longtemps. Moi, j'ai oublié de m'amuser en grandissant, j'étais bien trop occupée à tenter d'être la meilleure. Mon père ne nous laissait pas souffler, Maud et moi. Peut-être parce qu'il n'avait pas eu d'enfance lui-même...

Il a grandi à Nice avec ses parents. Son père gagnait bien sa vie, mais il avait la passion du jeu. Il est mort à quarante-cinq ans, d'une crise cardiaque, en laissant sa femme et son fils sur la paille. Le Casino de Monaco leur a même versé une pension parce qu'il s'était ruiné chez eux! C'est sans doute pour cela qu'il a toujours eu la rage de réussir et qu'il est tellement rigide.

Pour lui plaire, je me suis lancée dans une course aux diplômes. Je cherchais aussi à affirmer une forme de supériorité, j'avais besoin d'être rassurée. Tout a très bien marché, mais je me suis retrouvée très seule. Jusqu'à ce que je rencontre ton père, le rayon de soleil de mes dix années d'études.

Quand j'ai passé ma thèse, mon père a trouvé ça normal. Je suis devenue chercheur en biologie cellulaire, j'ai été admise au CNRS. C'était une grande victoire pour moi, mais pour lui, cela signifiait surtout que j'aurais désormais le statut et le salaire d'un fonctionnaire moyen. Et il m'a juste dit : « Au travail, maintenant. Tu feras ce que tu pourras, tout le monde ne peut pas être Pasteur! » Puis, maladroitement, il a ajouté : « Ta mère serait fière de toi. »

J'ai eu envie de lui répondre que ma mère avait toujours été fière de moi. Elle était fière avant que je ne réussisse quoi que ce soit, fière avant même que j'essaye, et elle l'aurait été même si j'avais tout raté.

Cela s'appelle l'amour inconditionnel, il paraît que certains pères le ressentent aussi.

Toi et moi, c'est comme ça, je t'aime quoi que tu fasses, quoi que tu deviennes.

Il ne faut pas m'en vouloir, j'ai jeté le cadeau qu'il t'a apporté. Tu aurais peut-être aimé Pierre et le Loup, *mais cette histoire évoque pour moi des souvenirs cauchemardesques.*

Rien qu'en regardant la pochette, j'ai revécu l'angoisse que je ressentais à ton âge, en l'écoutant.

Un sadique, ce Prokofiev. Je frissonne en me remémorant l'intensité qui croît au fil de l'histoire...

Pierre, le grand-père, l'oiseau, le canard, ça va. Mais ensuite : le loup qui avale le canard. Et les chasseurs.

C'est terrifiant. Tu n'as pas besoin de ça. Pas maintenant.

Pas toujours avisé, mon père ; tu te serais mieux entendue avec ma mère.

Quand j'avais ton âge, elle venait m'embrasser, le soir, avant de sortir. J'étais subjuguée par sa tenue, la hauteur de ses talons et la perfection de son chignon.

Déjà, l'observer et la trouver belle était la seule activité dont je me jugeais digne.

Quand je viens te souhaiter bonne nuit, c'est avec les vêtements que j'ai portés toute la journée, ou avec un pyjama pas vraiment chic. Autre génération, autre vie, surtout.

Il ne faut pas comparer, je sais.

Mes parents impressionnaient aussi beaucoup mes amis. Il y avait quelque chose dans leur personnalité, leur réussite, l'amour qu'ils se portaient, qui faisait rêver. J'ai profité de leur éclat, sûrement, mais, d'une certaine manière, je suis restée clouée à leur empreinte.

J'ai mis des années à savoir ce que j'aime réellement, parce que pendant longtemps, je n'ai fonctionné que par mimétisme. Par exemple, j'ai mis un petit vase Daum sur ma liste de mariage car il y en avait un sur une commode, chez mes parents. Je l'ai toujours connu au même endroit chez eux, et je n'aurais pas pu envisager de décorer mon propre appartement sans qu'il y en ait un, posé au même endroit. Jusqu'au jour où je l'ai regardé pour la première fois. Vraiment regardé. J'ai réalisé que je n'aimais pas cet objet. Je n'ai pas été capable de m'en débarrasser, je l'ai rangé dans un placard.

Depuis, je m'interroge sur mes véritables goûts. Qu'est-ce qui est moi, qu'est-ce qui est eux ? Qu'est-ce qui m'appartient, qu'est-ce qui leur revient ? Je ne trouve pas toujours la réponse.

À la maison, mon père éteignait toutes les lumières en sortant, et ma mère laissait toujours tout allumé. Aujourd'hui encore, la main sur l'interrupteur lorsque je quitte une pièce, ma main hésite. Puis mon cœur choisit. Je laisse la lumière.

Pourtant, j'aime cet homme que je ne comprends pas. Il y a quelques années, il a sonné à la porte alors que je ne l'attendais pas, et il est monté avec un bouquet de fleurs. Ça m'a tellement émue, j'en ai pleuré. J'ai compris combien j'avais besoin de lui. Lui aussi. Il est reparti, invoquant un mauvais prétexte.

J'aimerais pouvoir justifier ses actes, mais j'en suis incapable.

Un drôle d'individu, qui juge ses interlocuteurs en fonction de leur comportement chez lui : ceux qui posent leur verre sur les livres d'art de la table basse du salon perdent instantanément des points. Il leur donne un sous-verre, mais certains ne comprennent pas et reposent leur verre sur un livre. Ceux-là ne seront plus jamais invités. Bien sûr, il pourrait retirer les livres, mais je le soupçonne de les laisser là exprès car ils constituent un test.

Pendant toute mon adolescence, je l'ai observé trier les gens en fonction de ses exigences. Untel était trop désordonné, celui-ci trop familier, celui-là ne ferait jamais rien de bien... J'ai détesté ça. Puis je me suis rendu compte que j'avais malgré moi hérité certains de ses réflexes : quand mes copains venaient à la maison, si l'un d'eux me plaisait, je ne pouvais pas m'empêcher d'observer son attitude à travers le filtre paternel, et je priais pour qu'il ne pose pas son verre sur un livre.

Encore aujourd'hui, j'ai parfois du mal à regarder les gens avec mes yeux plutôt qu'avec les siens.
Je sais qu'il y a plein de choses que tu ne supporteras pas en moi, et je me demande lesquelles tu te surprendras à reproduire. En même temps, je crois que tu échapperas à ce cycle, parce que tu es déjà toi-même, avec une facilité déconcertante.
J'ai trente ans de plus que toi, mais je cherche toujours à me définir, tandis que tu t'imposes avec une assurance que je ne connaîtrai jamais.

Les quatre verres de vin s'entrechoquent. Fabien, l'assistant de Victor, et sa femme Sophie sont très flattés de recevoir Victor et sa femme pour la première fois.

« À votre venue chez nous ! s'exclame Fabien.

— Et surtout à votre joli bébé ! reprend Jeanne en souriant.

— On espère surtout qu'il sera bien élevé... répond Fabien.

— Oh ! tu sais, c'est du travail ! dit Victor. Les enfants sont merveilleux, mais si on ne les structure pas, on n'arrive à rien. C'est un combat quotidien. J'ai été intraitable, d'abord avec Paul, mon fils aîné, ensuite avec les deux petits, pour que les horaires soient respectés, pour qu'ils ne regardent pas trop la télé... Et aussi pour que leur alimentation soit saine...

— C'est formidable !

— Oui, c'est une chose à laquelle je tiens. J'ai toujours insisté pour qu'ils mangent de tout, les repas sont très équilibrés à la maison. »

Il s'adosse dans son fauteuil en savourant le regard impressionné de ses hôtes. Quant à Jeanne, elle se contente de le fixer avec une telle intensité qu'il préfère détourner les yeux.

« Vous connaissez les Borel, n'est-ce pas ? demande Sophie.

— Oui, répond Victor, Jean-Louis est un vieil ami.

— Vous êtes au courant que sa femme le quitte ?

— Oui, bien sûr... Le pauvre, il va très mal.

— Il faut dire qu'elle est dure avec lui, c'est normal qu'il soit chiffon... Je n'en reviens pas. Pourtant, on a dîné chez eux le mois dernier, et tout semblait aller parfaitement bien. Elle avait fait une très jolie table, avec son service vert et blanc. »

Elle se tourne vers Jeanne.

« Vous voyez lequel ?

— Pas du tout.

— Il y a le beige avec des fleurs blanches, c'est celui de tous les jours... »

Sophie regarde Jeanne d'un air interrogateur et attend un encouragement qui ne vient pas. Elle prend une grande inspiration et continue patiemment :

« Le vert et blanc, c'est son service de mariage, il y a des merles sur le contour ; c'est celui des dîners chics.

— Avec ou sans les merles, c'est fini, intervient Fabien. Excuse-moi, mais quelle salope !

— Écoute, c'est un peu facile de dire ça, dit Sophie ; si elle ne l'aime plus, qu'est-ce que tu veux faire ? Et puis, il a exagéré, il dînait tous les soirs dehors !

— Pour des raisons professionnelles !

— Peut-être. D'ailleurs, elle m'a dit que ce qu'elle ne supportait plus, ce n'était pas son absence, c'était le fait de manger toute la semaine les plats qu'elle avait préparés pour lui. Elle m'a tout énuméré : quatre jours de poulet, une semaine de couscous. Un jour elle a craqué, après cinq jours de gigot.

— Comme quoi le mariage tient à peu de chose ! s'exclame Fabien. Quand même, quelle salope ! Après tout ce qu'il a fait pour elle...

— Et vice versa ! Tu te rends compte à quel point elle l'a aidé au début de sa carrière ?

— Ouais... Elle l'a soutenu, c'est vrai. Enfin, elle lui a bien pourri la vie aussi. »

Il se tourne vers Victor.

« Tu sais ce qu'il m'a dit, hier ? "Depuis que je suis marié, je sais ce que c'est que le bonheur : c'était avant !" »

Les deux hommes rient, Jeanne se lève.

« Je reviens tout de suite. »

Elle entre aux toilettes, s'appuie contre le lavabo, et s'observe dans la glace : elle est décomposée.

Le bonheur, c'était avant.
Quelle phrase à la con ! J'ai essayé de rire avec eux, c'est resté coincé dans ma gorge.
Et Victor qui a l'air ravi.
J'ai toujours insisté pour qu'ils mangent de tout... Je rêve. Ce n'est pas lui qui a élevé Paul, c'est sa première femme. Tout comme c'est moi qui élève Charlotte et Lucas. Il est vraiment gonflé. La prochaine fois qu'il ose donner des leçons de paternité, je lui rentre dedans...

Et leur truc de s'extasier devant la réussite des hommes, en admettant avec condescendance que leur femme y est peut-être pour quelque chose... Le petit lot de consolation pour les femmes qui ont passé la moitié de leur vie à s'effacer derrière un égomaniaque...
S'ils s'entendaient... Il faudrait que je leur parle de Ginger Rogers. Leur rappeler qu'elle a tout fait comme Fred Astaire, sauf qu'elle, c'était à reculons et sur des talons hauts...

J'ai cru que leur discussion sur les fonctionnaires ne finirait jamais. Encore un dîner où ils parlent du montant de leurs charges, ou des 35 heures, et je m'en vais.

À quoi ça sert de ressasser les mêmes sujets quand on est d'accord ? Ça me fout le cafard, tous ces gens qui pensent la même chose.

Qu'est-ce que ça doit être bien d'être d'accord avec tout le monde, de ne pas être en décalage...

Quel con, ce Fabien ! Et plutôt cassant avec sa femme. Je suis sûre qu'en privé, il est odieux avec elle...

La pauvre, qui divague toute seule, avec ses histoires de vaisselle. Deux solutions : soit elle est stupide, soit elle fait une dépression nerveuse. C'est pathétique. Au lieu de parler d'assiettes, elle ferait mieux d'en casser quelques-unes.

Moi aussi, d'ailleurs, je devrais essayer.

Étrange, ce que j'ai ressenti en regardant ma tasse, je me suis sentie comme mon sachet de thé. Juste un petit catalyseur, et il révèle son intensité.

Il faut que je continue à me sentir forte, même si ça m'étourdit.

Un vrai vertige, à l'idée de ne pas savoir quoi faire de tout ce que je ressens.

Plus forte, ne serait-ce que pour ne plus me sentir diminuée au moindre nuage.

Ne plus jamais me sentir si petite sous la pluie.

« Ah, chérie, te voilà ! dit Victor en se levant. On va y aller, je me lève très tôt demain.

— Merci pour ce repas, c'était délicieux, dit Jeanne.

— Ravi d'avoir fait votre connaissance, lui dit Fabien.

— Il faudrait qu'on se retrouve au Bois un de ces week-ends, lui dit Victor. On jette les enfants et ils vivent leur vie !

— Enfin, le nôtre, il a six mois, alors, si on le jette, il retombe très vite...

— Il faut excuser Victor, dit Jeanne, c'est un expert en pédagogie infantile, mais certaines notions lui échappent encore. »

Les derniers sourires s'échangent tandis que l'ascenseur se met en route.

« Comment trouves-tu Fabien ? demande Victor en démarrant la voiture.

— Antipathique. Il m'a exaspérée avec ses réflexions homophobes.

— Oh, ça ? C'était bête, mais pas méchant...

— Pas méchant ? Quel abruti ! J'espère que son fils sera pédé et qu'il l'enculera ! »

La voiture fait une embardée, Victor évite de justesse l'accident.

« Jeanne, tu es ivre ?
— Pas du tout. J'étouffe. Et ça ne ressemble pas du tout à de l'ébriété.
— Alors, qu'est-ce qui te prend ?
— Rien ! Tu te glorifies de l'éducation des enfants alors que tu n'es jamais là, ton assistant est un gros con et sa femme est idiote. Mais sinon, ça va, excellente soirée. »

Le reste du trajet se fait en silence.

En entrant dans le salon, Victor se dirige vers une petite table couverte de papiers et de journaux.

« J'attends une lettre de l'assureur, elle n'est pas arrivée ?
— Je ne sais pas, je n'ai pas ouvert le courrier.
— Comment ça se fait ?
— J'ai été débordée.
— Je vois bien que tu es débordée, dit-il en écartant une pile de revues de décoration. Tu n'as même plus le temps de lire les magazines essentiels auxquels tu es abonnée ! »

Jeanne tourne les talons et disparaît.

Victor la rejoint dans la chambre quelques minutes plus tard.

« Excuse-moi », dit-il en la prenant dans ses bras.

Il l'embrasse et commence à déboutonner sa chemise.

« Pas ce soir », dit-elle en s'éloignant.

Il la suit tandis qu'elle se démaquille dans la salle de bains.

« Laisse-moi deviner : tu as tes règles. Ça fait combien de fois ce mois-ci, quatre ? C'est beaucoup... Je suis peut-être con, mais quand même, je suis médecin ! »

Jeanne ne répond pas.

« Jeanne, parle-moi. Quand tu fais cette tête, j'ai l'impression que tu me détestes. »

Elle va s'asseoir sur le lit, sans le regarder.

« Ce n'est pas toi que je déteste, c'est ce que notre mariage est devenu.

— Qu'est-ce que tu veux dire ?

— Tu veux que je te dise à quoi ressemble ma vie ? Je vais essayer de te l'expliquer, le plus simplement possible. La journée, on ne se voit pas. Le soir, tu rentres tard, on échange trois mots et tu vas manger. Quand tu as fini, tu vas t'enfermer aux toilettes avec un journal, et quand tu en ressors, tu vas regarder la télé dans le salon. Je m'endors avant toi. Le matin, je rentre dans la cuisine, pour m'attaquer patiemment au bordel que tu y as laissé. Parfois tu n'as pas aimé ce que j'ai préparé la veille, alors c'est toujours là, sur la table. Ton assiette est pleine. Elle me regarde et elle me dit merde. Ensuite, tu pars avec les enfants, et je vais ramasser tes fringues sales qui traînent dans le salon. J'essaie de me détendre en buvant mon café. C'est en général quand je commence à me calmer que tu m'appelles pour me demander de faire une course pour toi. À ton avis, je pense à quoi quand je fais ressemeler tes chaussures ? À la prochaine fois qu'on fera l'amour ? À un dîner aux chandelles ?

— ... Tu noircis le tableau.

— Non. C'est comme ça que je vois les choses, c'est comme ça que je les vis.

— C'est pareil pour tous les couples.

— Je ne crois pas. Et tu sais quoi ? Je me fous de ce qui se passe chez les autres.

— Tu penses que c'est facile pour moi ? Je subis une pression énorme, je travaille quinze heures par jour. J'ai besoin d'être soutenu.

— Mais je suis là, Victor.
— Tu es là, mais tu fais tout le temps la gueule. C'est peut-être pour ça que je préfère passer mes soirées dans le salon.
— Je fais la gueule parce que tu me blesses. Je fais la gueule parce que je suis frustrée.
— Tu as quand même une vie très confortable !
— Tu parles d'argent ? »
Elle le fixe, glaciale.
« Je parle... de confort de vie, c'est tout. Je fais tout pour te gâter, j'espère que tu t'en rends compte... Enfin, je t'ai entendue. Je vais faire un effort. Excuse-moi. »
Il l'embrasse et caresse ses cheveux.
Elle le laisse faire sans dire un mot.
Il se lève et s'apprête à sortir, mais se retourne.
« Et toi, tu ne t'excuses pas ? »
Jeanne réfléchit un moment.
« Je suis désolée, je ne sais pas de quoi. Ce n'est pas que je ne veux pas, c'est juste que je ne vois vraiment pas de quoi je dois m'excuser... »
Un long silence.
« Qu'est-ce que tu veux, Jeanne ?
— Je ne sais pas.
— Tu n'as jamais rien su. »

Il quitte la chambre, laissant à son mépris le soin de la submerger.
Elle reste longtemps assise au bord du lit, à entendre malgré elle les bribes de voix provenant de la télévision que Victor a allumée dans le salon.

Quand Victor est enfin couché et endormi, Jeanne se relève et va dans le salon.
Elle fume une cigarette en inspectant ses orchidées.

Elle tourne en rond un moment, puis se rend dans la cuisine et décide de faire des sablés. Une fois qu'ils sont prêts elle les range sagement, et mange machinalement tous ceux qui ne rentrent pas dans le bocal.

Soit une vingtaine de biscuits.

Tant qu'à étouffer, autant s'étouffer.

Natacha est assise sur son bureau, elle a planté un crayon dans ses cheveux blonds pour les relever en chignon. Elle appuie sur la touche *haut-parleur* et pose le combiné pour chercher son carnet, caché sous une montagne de papiers.

« ... Juste deux tartes aux framboises et deux au citron, alors ? »

La voix de Jeanne résonne dans la pièce.

« Oui, ça devrait suffire pour le sucré. En revanche, j'ai peur que tu ne manques de salé, je peux te faire deux cakes aux olives, si tu veux.

— T'es géniale, Jeanne, merci. Attends, quitte pas, mon portable sonne... Allô ?... Non, laisse tomber et prends deux taramas de plus. T'as trouvé les mini-blinis ? Bon, ça ne fait rien, j'irai chez Ed. Et vas-y mollo sur les cacahuètes, ça donne soif ! Je suis au bureau, le comptable est là, tu viens ?... À tout de suite. »

Elle repose son portable et se rapproche à nouveau du téléphone.

« C'était Lola, elle est au Franprix pour voir les promos.

— Je me faisais sûrement une idée trop romantique de votre milieu, s'étonne Jeanne, je voyais ça... moins artisanal.

— Rassure-toi, on est hyper pro, c'est juste que là, on a un budget de cinq cents euros pour quatre-vingts personnes... »

Natacha raccroche en voyant arriver monsieur Li, le retoucheur du quartier, qui se charge de rafraîchir les vêtements vintage qu'elle achète aux Puces.

« Ah, monsieur Li ! C'est gentil d'être passé !

— Je passais dans votre rue, alors je vous l'ai apportée : elle est prête depuis la semaine dernière, dit-il en lui tendant une robe.

— Je sais, j'ai été débordée. Merci beaucoup ! Je peux l'essayer maintenant, j'aimerais voir comment elle tombe...

— Ici ?

— Oui, pourquoi pas ? Je vais me changer aux toilettes et je reviens.

— D'accord. »

Elle réapparaît deux minutes après.

« Alors ? lui demande-t-elle.

— Très joli !

— J'ai l'impression qu'elle est un peu longue...

— On peut toujours raccourcir un peu. Vous avez des épingles ?

— Ici ? Non. »

Le comptable frappe et entre dans le bureau.

« Madame Fernet ?

— Oui ?

— Je m'excuse de vous déranger, j'ai fini. On peut se voir cinq minutes ?

— Je suis à vous tout de suite.

— Vous n'auriez pas des épingles ? demande monsieur Li au comptable.

— Je vous présente monsieur Li, lui dit Natacha.

— Euh... bonjour.

— Alors, les épingles ? insiste monsieur Li.

— Ah, je n'ai pas ça du tout, je regrette... À la rigueur des trombones, si ça peut vous dépanner.
— Je veux bien.
— Monsieur Li, vous êtes sûr ? s'inquiète Natacha.
— Oui, juste pour marquer la longueur. Il y a un miroir ici ?
— Non.
— On va descendre, on regardera dans le miroir de la boulangerie.
— Oh non ! Ça me gêne...
— Mais pourquoi ? Je vous la renvoie dans deux minutes ! » dit-il au comptable.

Natacha prend son portable et descend. Elle fait son possible pour ignorer le regard curieux des clients de la boulangerie. Le mobile vibre et le prénom LOLA s'affiche.

« J'arrive, je cherche une place. J'ai l'épreuve du carton d'invitation. C'est magnifique ! Vraiment élégantissime, très réussi, les couleurs, l'équilibre, la photo sublime, très chic et branché ! J'ai hâte que... oh !
— Qu'est-ce qu'il y a ?
— Tu ne vas pas me croire, mais il y a une fille qui te ressemble en train d'essayer une robe devant la boulangerie et un petit monsieur à quatre pattes qui...
— C'est moi.
— Pardon ?
— Tu m'as très bien entendue.
— ... Et le comptable ?
— Il nous a prêté des trombones.
— Comment ?
— Il nous attend, je remonte tout de suite. »

De : Natacha Fernet
À : Violette Meyer
Objet : Help !

Ma chérie,
Tu as beaucoup de boulot en ce moment ? J'ai terriblement besoin de toi en vue d'un cocktail le samedi 11.
Pourrais-tu me faire quelques fondants au chocolat ?
Ah, et ce n'est pas toi qui fais des quiches délicieuses ? Je viendrai t'aider si je peux (j'ai organisé un centre de tartinage à la maison avec ma mère et ma tante).
Si c'est OK, envoie-moi la liste des ingrédients.
C'est la dernière fois, c'est promis ! Marre d'être la Mère Térésa des RP...

P-S : Si la CIA lit mes mails, ce dont je doute, je tiens à préciser qu'il ne s'agit en aucun cas d'un message codé.

*

De : Violette Meyer
À : Natacha Fernet
Objet : Re : Help !

« Quelques » fondants ? Tu m'inquiètes.
5 tablettes de chocolat
1 kg de farine
1 kg de sucre
15 œufs
4 paquets de beurre
Pour les quiches, c'est Maud la spécialiste. Tu n'as qu'à l'appeler, elle t'en fera si elle a du temps.
Mère Térésa ? Plutôt Sœur Emmanuelle, non ?

P-S : Si la CIA lit ces mails, pourriez-vous me dire si l'agent Vaughn sort toujours avec Sydney Bristow ? Dans le cas contraire, merci de lui faire passer mon dossier de candidature.

*

De : Natacha Fernet
À : Violette Meyer
Objet : Re : Help !

Tu es franchement calée, moi, je ne saurais pas dire la différence entre Sœur Emmanuelle et Mère Teresa, si ce n'est que la 2e est un peu plus morte que la 1re.
(J'ai honte d'avoir écrit une chose pareille, mais enfin je te laisse dans l'espoir que ça te fasse pouffer. Toi, et peut-être aussi l'agent de la CIA qui n'a rien de mieux à faire que lire nos mails.)

Natacha entre en coup de vent dans la pièce. Quelques mèches s'échappent de son chignon, elle les remet, puis jette un coup d'œil au redoutable fauteuil bleu.

Elle pousse un profond soupir et va s'y asseoir.

Elle lisse machinalement le bas de sa robe trapèze.

« J'ai pas mal réfléchi depuis la séance de la dernière fois...

Je voudrais vous parler d'une chose qui me fait beaucoup souffrir : je me rends compte que tout ce combat est beaucoup plus important pour moi que pour Philippe.

Moi, j'aimerais qu'on vive les mêmes choses, parce qu'un enfant, ça se fait à deux, mais c'est impossible. Pendant le traitement, il continue à vivre normalement, mais moi, je vis un enfer...

Bien sûr, tout ça compte énormément pour lui, mais, c'est évident qu'on n'a pas les mêmes priorités. Parfois, la FIV tombe un samedi, alors on ne peut pas partir en week-end, et si ça tombe pendant un pont, Philippe fait la tête. J'ai l'impression que c'est la seule chose qui importe : le week-end est gâché. Ou alors ça tombe un lundi matin et ça met la pression. Avant, on rentrait de la campagne le lundi matin très tôt, jusqu'au jour où l'on s'est trouvés dans un embouteillage monstre, l'heure tournait, c'était affreux. Je savais d'avance que ça ne marcherait pas vu la crise de nerfs que j'ai piquée dans la voiture. Alors, maintenant, si la FIV est un lundi, j'exige qu'on parte le dimanche soir, ça raccourcit le week-end et ça énerve Philippe.

Et il est frustré par le manque de sexe lié au traitement : le médecin le déconseille pendant les trois jours avant la FIV pour que ses spermatozoïdes soient en forme. Et puis, c'est aussi déconseillé après la FIV : je dois mettre des cachets pour faire tenir la muqueuse, alors c'est impossible.

De toute façon, moi, je n'ai pas envie. J'ai mal aux ovaires, ma libido est complètement chamboulée. Et mentalement, c'est dur : j'ai du mal à ignorer le gouffre qui existe entre les perspectives de mon mari et les miennes... Je sens bien qu'au lieu de nous rapprocher, c'est une aventure qui nous éloigne.

Je pleure rarement devant Philippe, car il ne sait absolument pas comment me réconforter.

Lui, il y croit encore très fort ; moi, c'est le doute qui me tue. Ses coups de blues sont différents.

Il s'enferme tout le week-end et il bricole. Ou bien il compense en dépensant de l'argent.

On dit que ce sont les femmes qui font ça, mais les hommes font la même chose, la seule différence est qu'ils s'achètent un seul gros joujou alors que nous, on achète des tas de fringues qu'on ne mettra jamais. Quand Philippe dépense beaucoup d'argent pour quelque chose dont il n'a pas besoin, je sais bien que c'est pour se valoriser devant ses copains. Ou, tout simplement, pour avoir des sujets de discussion... Comme ça, quand la conversation tourne trop autour des prouesses de la progéniture des uns ou des autres, il annonce tout à coup : "J'ai décidé de passer mon brevet de pilote, j'ai déjà pris quelques cours..."

C'est radical, ça épate et la discussion change aussitôt.

On a parlé de tout : adoption, mère porteuse, mais il refuse tout. Il pense qu'on y arrivera tout seuls. Il y croit encore. Alors, il refuse les autres solutions. Je trouve ça égoïste. Il me dit qu'un enfant adopté ne compensera pas.

Il veut que j'arrête de travailler. Il dit que je suis hyper stressée par le boulot, et que je fume trop. Ça me culpabilise. C'est vrai que je cours tout le temps. Mais j'ai l'habitude. Enfin, parfois je n'en peux plus... Par exemple, quand je n'ai pas le temps d'aller chez le coiffeur avant un de mes cocktails. À cause de mes piqûres. Dans mon métier, il faut être impeccable. Souvent, je me sens moche et nulle. Pas féminine pour deux sous.

En tout cas, je ne veux pas arrêter de bosser. J'aime ce que je fais. Et puis ça me fait peur. Si j'arrêtais et que ça ne marchait pas, pour le bébé ? Qu'est-ce qu'il me resterait ? »

Violette tient la main d'Élise tandis qu'elles montent doucement l'escalier en bois.

« Tu feras attention chez Maud, hein, chérie ?

— Oui, je sais, elle est comme toi en pire.

— Elle n'est pas pire, elle est plus maniaque, c'est différent. »

Arrivées sur le palier, Violette et Élise sonnent puis s'essuient soigneusement les pieds. Maud leur ouvre et les embrasse chaleureusement. Aussitôt, Élise se dirige vers un vieux coffre à jouets où Maud conserve soigneusement toutes sortes de trésors à son intention.

Tout le mobilier est ancien, les murs sont recouverts de photos en noir et blanc, les draps imprimés de Liberty ; l'ensemble est douillet et vieillot à la fois. C'est un endroit chaleureux mais légèrement déprimant à cause des lourds rideaux de lin beige qui alourdissent l'atmosphère, et parce que ça se sent, il ne faut rien déplacer. À moins de s'appeler Élise.

« J'ai fait du thé vert, tu en veux ? demande Maud à sa sœur.

— Avec plaisir », répond Violette.

Elle la suit dans la cuisine et se retrouve nez à nez avec une jeune fille.

« Bonjour, lui dit Violette, surprise.

— Jennifer, voilà ma sœur, Violette.
— Bonjour, dit la jeune fille sans la regarder. Voilà, j'ai fini.
— Ah ! Je vais vous régler... Dites, Jennifer, vous ferez attention, s'il vous plaît, c'est très important d'enlever les bouchons des bouteilles avant de les jeter dans le sac à recycler. Il faut mettre les bouchons dans le petit sac à part...
— Vous avez rajouté un sac ? demande Jennifer, ulcérée.
— Juste pour les bouchons ! s'excuse Maud. Je les donne à une organisation humanitaire qui les revend et fait fabriquer des prothèses avec les sons... »

Un soupir se fait très nettement entendre.

« C'est comme vous voulez. »

Elle sort, visiblement exaspérée.

« C'est qui ? demande Violette.
— La fille de la gardienne. Elle m'a dit qu'elle cherchait à travailler pour se faire un peu d'argent, alors je lui ai proposé de faire trois heures de ménage ici chaque semaine.
— Elle n'a pas l'air commode.
— Je sais, elle me terrifie. D'ailleurs, je range avant qu'elle arrive. »

Maud choisit avec application deux tasses sur une étagère en bois. Toute sa vaisselle est fleurie et dépareillée ; elle l'a chinée, notamment à la brocante de Chatou. Elle aimerait y habiter, car l'air y est plus pur. À moins qu'elle n'aille vivre à Bruxelles, son rêve absolu, bien qu'elle n'y ait jamais mis les pieds.

« Je vais emmener Élise au zoo demain.
— Elle va adorer. À quelle heure veux-tu que je la récupère ?

— Vers six heures, comme ça, j'irai à ma réunion bouddhiste après. Tu sais quoi ? Laurent s'y est mis aussi.

— C'est formidable !

— En fait, pas du tout : c'est la catastrophe. Maintenant, il me trouve égoïste et butée, il n'arrête pas de me dire des trucs horribles, et le pire, c'est qu'il les dit sur un ton hyper gentil ! C'est affreux. Hier soir, on a eu une grande discussion qu'il a conclue en énumérant la liste de mes défauts, je suis restée comme un cheveu sur le caillou !

— Comment tu as réagi ?

— Je te l'ai dit : comme un cheveu. Puis, j'ai répondu : "Tu ferais mieux de sortir parce que sinon, je vais te foutre mon poing sur la gueule." Pas très bouddhiste. Il a souri, et il m'a répondu : "Je sais, c'est douloureux quand deux karmas se frottent."

— ... Je ne sais pas quoi te dire.

— Oh ! Ne t'inquiète pas, ça s'arrangera. »

La tête de Maud disparaît tandis qu'elle déplace divers objets dans un placard.

« Qu'est-ce que tu cherches ?

— Un couvercle pour ma casserole de légumes... Je déteste chercher un couvercle ; le premier que je prends est toujours trop petit, le second trop grand. Pour d'obscures raisons, il me manque la taille intermédiaire. »

Des petits pas se font entendre et Élise entre dans la cuisine.

« J'ai faim !

— Tu veux un biscuit au son ? demande Maud.

— Non merci.

— Alors un fruit ?... Bon, je sais ce qu'on va faire : on va prendre le bain, et puis, si Laurent n'arrive pas entre-temps, on commencera à dîner toutes les deux.

— Laurent, c'est ton nouveau fiancé ?
— Oui. »
Élise réfléchit un instant et se tourne vers sa mère.
« Et toi, maman, pourquoi t'as choisi papa comme fiancé ? »

Assise devant son ordinateur, situé sur un petit bureau dans un coin du salon, Violette finit de rédiger son article traitant de l'agrégation des plaquettes.

Elle se relit, et décide de changer l'ordre de certains paragraphes. Comme d'habitude, lorsqu'elle clique sur *Coller*, l'icône *Collage spécial*, située juste en dessous, semble lui faire de l'œil. Mais Violette n'ose pas s'aventurer dans les méandres d'une nouvelle manipulation informatique.

« Tu parles d'une chercheuse », se dit-elle avec dédain.

Violette enregistre son texte et quitte le document. Cette fois elle frôle l'icône *Basculer vers une identité* ; pour un peu, elle en frissonnerait. Pourquoi les ingénieurs en informatique utilisent-ils des expressions aussi déroutantes ?

Violette regarde les feuilles sortir une à une de l'imprimante. L'encre pâlit au fur et à mesure et bientôt, un petit texte défile sur l'écran, l'informant que la cartouche est presque vide.

Elle prie silencieusement, touche le bois de son bureau et s'éloigne. Puis elle tourne le dos et ferme les yeux, comme elle le fait devant la télévision, lorsque les patineurs tentent des sauts téméraires. Ou pendant la balle de match qui risque d'éliminer son champion.

Qui sait ? L'imprimante ira peut-être jusqu'au bout si elle ne regarde pas...

Mais la machine n'en fait qu'à sa tête, toussote puis se tait.

Violette revient vers le bureau : les deux dernières pages n'ont pas été imprimées. Elle décroche aussitôt le téléphone.

« C'est moi, je n'ai plus d'encre pour imprimer mon article, tu pourrais rapporter une cartouche du bureau ?

— J'entre en réunion avec l'équipe qui bosse sur la membrane, répond Gilles. Sois gentille et ne me dérange pas pour un truc pareil, tu n'as qu'à sortir en acheter une.

— Excuse-moi, je ne savais pas... »

Il a déjà raccroché. Elle fait de même et commence à faire les cent pas.

« J'ai presque dit merci. Je suis nulle. Combien de temps encore, à me traîner ces réflexes de petite fille bien élevée ? »

Rappeler sur son portable, il l'aura éteint, et lui laisser un message virulent. Elle compose le numéro, mais, comme Gilles l'a oublié à la maison, l'appareil sonne un peu plus loin, sur la table basse.

Violette s'approche du téléphone pour l'éteindre et voit que le nom qui s'affiche est « Chérie ». Une immense vague de tendresse l'envahit lorsqu'elle découvre son pseudonyme.

Le sourire des femmes qui pardonnent illumine son visage.

La main sur l'interrupteur – je laisse allumé ou j'éteins ? –, Violette s'apprête à sortir acheter une cartouche d'encre. On sonne. Un petit coup de sonnette très prudent.

Elle ouvre la porte après avoir reconnu son voisin.

« Je suis vraiment navré de vous déranger ; il y a des ouvriers chez moi, ils remplacent le ballon d'eau chaude qui m'a lâché. Ils font un bruit épouvantable, et je donne un concert demain. Comme ils en ont pour deux heures environ, je me demandais si ça vous ennuierait que je travaille chez vous en attendant ; je sais que vous avez un piano, j'entends parfois votre petite fille faire ses gammes... Seulement si ça ne vous dérange pas, bien sûr !

— Non, entrez, je vous en prie ! »

Violette lui serre la main, le plus délicatement possible, parce qu'il est particulièrement timide, mais aussi parce qu'elle craint qu'une poignée de main énergique ne risque d'affecter la magie de ses doigts.

Elle lui offre à boire, il décline, elle quitte donc la pièce pour le laisser travailler, et va s'asseoir sur son lit.

Dès qu'il pose ses doigts sur le clavier, l'appartement semble envahi par une force étrange. Il y a de la puissance. De la grâce.

Violette pense à *L'Albatros* de Baudelaire : quand elle croise son voisin dans l'immeuble, il est maladroit, lunaire, presque inadapté au monde.

Au piano, il rayonne.

Violette écoute chaque note, chaque silence.

Elle s'étonne des interruptions incessantes, aussitôt suivies du grincement du tabouret qu'il n'en finit pas de régler, un tic, sûrement. Parfois le silence est ponctué par le froissement de pages, ou tout simplement par des respirations.

De temps en temps, le musicien chante, d'autres harmonies qu'elle devine être la partie orchestre.

La curiosité l'emporte. Elle se lève, et va dans le couloir l'observer à la dérobée.

Pourquoi son visage évoque-t-il autant la souffrance que le plaisir ?

Le temps s'arrête.

C'est seulement lorsque la nuit commence à tomber qu'elle pense à regarder l'heure... Il faut aller chercher Élise.

Discrètement, elle revient dans le salon.

« Excusez-moi, je dois aller chercher ma fille, mais vous pouvez rester aussi longtemps que vous voudrez, vous n'aurez qu'à claquer la porte si vous partez avant mon retour.

— Vous êtes sûre ? Quelle heure est-il ? Ils ont sûrement fini, je vais monter voir...

— Non, je vous en prie, restez !

— Merci mille fois, je ne voudrais pas abuser... »

Violette se sauve sans le laisser finir, avant qu'il n'ait assez de temps pour redevenir l'être maladroit qu'elle croyait connaître.

Élise, mon cœur,

Hier, tu m'as demandé pourquoi j'avais choisi ton papa...
Pour de drôles de petites raisons. Dès qu'on s'est connus, j'ai pensé qu'on était faits l'un pour l'autre ; on achetait des assortiments salés, il mangeait les cacahuètes, moi les raisins secs et les noisettes. Tu verras, les histoires d'amour, ça tient parfois à peu de chose. En tout cas au début.
Puis, un jour où nous nous promenions, en me voyant m'arrêter devant une vitrine, il m'a dit : « Choisis ce que tu veux, je te l'offre. Rien n'est trop beau pour toi. »
C'était pendant notre stage de post-doctorat aux États-Unis, il n'avait pas un sou, tu ne peux pas savoir combien ça m'a touchée. Depuis la mort de ma mère, je n'avais jamais eu l'impression de compter autant. Quand il m'a demandée en mariage, quelques mois plus tard, j'ai dit oui tout de suite.
Est-ce que ça s'appelle vraiment un choix ?
Je ne sais pas. Parfois, je me dis que je n'ai pas été honnête, ni avec lui ni avec moi, en nous laissant croire que l'amour suffirait. En fait, j'attends beaucoup de lui. Une puissance qui me protégerait de tout. Une

puissance au moins égale à celle de mon père. Il n'est pas capable d'y parvenir, le modèle est trop grand. Il souffre de se rendre compte qu'il ne m'éblouit peut-être pas autant qu'il l'espérait.

Nous n'en parlons jamais, mais je sais ce qu'il ressent.

Alors je me pousse pour lui laisser de la place, au moins au labo. Je limite mes interventions pour accroître les siennes.

Amusant, quand on sait que, durant toute notre enfance, mon père nous a incitées à dépasser nos limites.

De l'extérieur, je sais bien que ça ressemble à un sacrifice, mais ça n'en est pas un. J'ai trouvé un équilibre dans ce mode de fonctionnement. Il nous ressemble, et il me convient.

Je me souviens d'un jour où j'étais assise dans un jardin ; je me suis soudain demandé ce qu'il y avait derrière le ciel. Ma mère m'a répondu : « Encore du ciel. » J'ai demandé : « Et après ? — Toujours du ciel. Puis du ciel noir. »

Elle a tenté de m'expliquer l'infini et j'ai bien senti qu'elle s'étourdissait en cherchant une réponse. J'ai découvert la sensation de vertige devant l'impénétrable. J'ai passé des heures à regarder le ciel et à essayer d'appréhender le vide qui se cachait derrière lui.

Après sa mort, mon père m'a emmenée chez un psy. En fait, je ne crois pas que c'était un psy, je n'ai pas fait attention sur le moment, mais je crois que c'était juste un généraliste.

Nous sommes entrés dans un appartement bourgeois du VIIe arrondissement, et mon père est resté dans la salle d'attente tandis que le médecin me faisait entrer *dans son cabinet et se lançait dans une longue tirade sur la perte d'un être cher. Je venais de découvrir le goût du malheur, j'en avais plein la bouche, et lui, vraiment, n'avait rien à m'apprendre. J'avais envie de lui demander s'il avait déjà parcouru les placards de quelqu'un en caressant ses vêtements, en respirant son odeur, mais je n'ai pas su parler à cet étranger. Nous avons échangé quelques mots et je l'ai laissé me prescrire des calmants. Puis il m'a raccompagnée à la salle d'attente et a dit à mon père : « Ça ira. »*

Nous sommes sortis, et j'ai levé la tête, comme quand j'étais petite. J'ai regardé le ciel, impeccablement infini, parfaitement vide.

Plus tard, il faudra que tu apprennes à te méfier des jaloux, de ceux qui vous envient tout, même votre peine. Ne sous-estime pas le plaisir que ressentent les gens à apprendre une mauvaise nouvelle qui ne les touche pas, à la transmettre sur un ton apitoyé ; ou à plaindre une orpheline en se demandant quel est le montant de son héritage.

Il m'a fallu apprendre vite à reconnaître les méchants, à recevoir les coups, à relever la tête. Et ce sont des leçons que je dois souvent réviser.

Il faudra que tu apprennes. Plus tard.

Natacha et Philippe se garent devant une coquette maison de banlieue.

Natacha sort de la voiture en serrant nerveusement un bouquet de fleurs dans ses mains. Plus ils approchent de la maison, plus elle ralentit son pas.

« Tu fais une de ces têtes ! remarque son mari.

— Je suis toujours tendue quand on va chez ta sœur.

— Tu exagères ! C'est juste un déjeuner. Dans deux heures, on est partis... »

Natacha passe la main sur son ventre en soupirant, elle a un peu mal au cœur, d'autant plus qu'elle a mangé avant de venir. Une habitude contractée il y a plusieurs années, après quelques repas pris au sein de sa belle-famille ; même affamée, elle n'osait pas se servir largement alors que les autres touchaient à peine à leur assiette.

Philippe sonne... Pas de réponse. Il fait le tour de la maison en regardant à travers les fenêtres, puis il met ses mains en porte-voix et appelle : « Adélaïde ! »

Une grande jeune femme brune ouvre la porte. Elle est au téléphone et saisit le bouquet de fleurs que lui tend Natacha sans lui dire un mot. Elle pose négligemment les fleurs sur une table, et poursuit sa conversation. « Je serai livrée quand ?... Bon, d'accord... Il n'y a pas d'étage, c'est une maison. Enfin, il y a des étages, mais tout est à moi !... Non, ce n'est pas un pavillon, c'est une maison ! »

Elle raccroche et soupire, excédée.

« Les parents sont là ? demande Philippe.

— En haut, avec Côme et Galilée.

— Je vais monter leur dire bonjour. »

Natacha reste debout, mal à l'aise. Elle enlève sa veste et la pose timidement dans un coin.

Sa belle-sœur va noter quelque chose sur un agenda et semble ignorer sa présence.

« Alors, c'était bien, votre week-end en Bretagne ? lui demande Natacha, d'une voix peu assurée.

— Très bien. Je crois que je vais louer une maison là-bas l'été prochain ; c'est bien mieux que la Provence.

— Ah bon ? À quel niveau ?

— Eh bien, déjà, les gens là-bas sont bourgeois chics mais discrets, tu vois ce que je veux dire ? »

Natacha acquiesce sans enthousiasme. Une jeune fille asiatique arrive en provenance de la cuisine et lui lance un bonjour timide, elle prend le bouquet de fleurs et l'emporte.

« Tu as changé de nounou ? demande Natacha.

— Non, j'ai pris celle-ci en plus pour le week-end, comme ça, je suis tranquille. »

Elle s'approche de Natacha et ajoute en baissant d'un ton :

« J'adore les Philippines, elles sont tellement dociles ! »

Natacha reste sans voix.

L'arrivée de Philippe avec ses parents fait diversion ; elle les salue et se dirige à son tour vers l'escalier.

« Je monte voir les enfants. »

Une fois en haut, elle embrasse Côme, le fils d'Adélaïde, puis se rend dans la chambre de Galilée. La petite est en train de terminer un dessin et semble très concentrée.

Natacha se penche pour la regarder faire, puis lui dit gentiment :

« Qu'est-ce qu'il est beau, ton dessin ! »

Sans s'interrompre, la petite fille lui répond :

« Non, il est moche. Seulement Côme fait de beaux dessins. »

Puis elle lève la tête, la regarde droit dans les yeux et lui demande :

« Dis, pourquoi est-ce que maman te déteste ? »

Enfoncée dans le grand fauteuil bleu, Natacha reste un moment silencieuse. Puis elle se lance d'un ton hésitant.

« Depuis la dernière séance, je me suis interrogée sur ce qui pourrait provoquer un blocage assez fort pour m'empêcher de tomber enceinte. J'ai pensé que ça pouvait avoir un rapport avec ma belle-famille, parce que ce sont des gens qui ne m'ont jamais acceptée. J'ai peut-être du mal à concevoir un enfant dans un environnement aussi hostile ?

Mes beaux-parents m'ignorent complètement, ça encore, c'est gérable. Mais j'ai beaucoup de mal avec ma belle-sœur, Adélaïde. Je l'ai surnommée Hémorroïde, parce que c'est vraiment une plaie ! Au début, à chaque fois que je la voyais, elle m'appelait par un autre prénom que le mien : Stéphanie, Marie, tout y passait ! Jusqu'à ce que Philippe annonce notre mariage et là, elle m'a dit : "Félicitations, Caroline !" Pour une fois, Philippe s'est vraiment énervé.

C'est pendant mon dîner de fiançailles que j'ai compris que ça ne s'arrangerait jamais : pendant le repas, elle n'a pas arrêté de parler d'une ex de Philippe en termes élogieux, et en donnant clairement l'impression qu'elle la regrettait. Je n'en revenais pas... Et le pire, c'est que Philippe n'a rien dit...

Elle est assez impressionnante : mince, très bien faite, et surtout grande : un bon mètre soixante-quinze. Avec mon mètre cinquante-sept, j'ai l'air d'une naine à côté d'elle. Brune avec un carré court et une frange dans le style Louise Brooks. Le contraire de moi, quoi !

Elle porte des vêtements de marque, qui mettent en valeur ses formes. Mais elle a un drôle de look, un peu mixte, je crois qu'elle n'a pas réussi à se décider entre bourge et pétasse. Excusez-moi mais dès que je parle d'elle, je deviens vulgaire.

Franchement, elle a de l'allure, mais elle est belle seulement de loin, elle est beaucoup moins bien de près parce qu'on voit qu'elle est mauvaise. D'ailleurs, elle n'a pas d'amis. Quand elle s'en fait, ça dure quelques mois, et puis, comme elle adore les conflits, ils se fâchent. D'ailleurs, à force de s'embrouiller avec tout le monde, il paraît qu'elle ne peut même plus aller à la kermesse de l'école !

C'est vrai qu'elle fait tourner toutes les têtes en entrant dans une pièce, mais, en vérité, c'est parce que sa présence transforme aussitôt l'atmosphère : elle la plombe. Sa beauté est gâchée car on la sent profondément aigrie, c'est quelque chose dans son regard, son attitude... Elle a des rides de mécontentement et de désapprobation qui brouillent son front et le dessus de ses lèvres. Et sa peau est très sèche. Du coup, elle fait des injections de botox ruineuses tout en disant que son mari lui doit bien ça puisqu'il passe son temps à la contrarier.

Elle est envieuse, parce qu'elle a toujours dépendu des autres : l'argent de ses parents, d'abord, puis de ses maris successifs – elle en est au troisième !...

Ce qui m'énerve le plus, c'est sa façon de décider de ce qui est bien ou non pour tout le monde. Elle est pleine d'idées arrêtées. Mais elle les adapte comme ça l'arrange. Tenez : au mariage de sa cousine, elle portait une robe blanche en disant que c'était par solidarité, et elle a dragué le marié, soi-disant pour le mettre à l'aise, c'est dingue, non ? En fait, elle ne supportait pas l'idée de laisser la vedette à quelqu'un d'autre...

Je la déteste.

Oui, elle travaille, surtout grâce à son mari, qui l'a fait entrer sur une chaîne du câble. En ce moment, elle tient une petite rubrique sur les dernières tendances. Enfin, si vous l'écoutez parler, elle fait une grande carrière ! Elle saoule tout le monde avec un projet de talk-show sur les enfants. Elle prévoit déjà que ce sera un succès et qu'elle sera invitée chez Ardisson ! Elle y croit dur comme fer ! Et vous savez ce qui la préoccupe ? Quelles chaussures porter, sachant qu'il y a trois marches à descendre, parce qu'il faudrait être sexy tout en étant sûre de ne pas trébucher...

Elle nous a dit en rigolant : "Il faudra penser à leur demander s'ils peuvent faire poser un escalator provisoire. — Pourquoi pas un tapis volant ?" a répondu Philippe.

Mais il l'a dit gentiment, sans se moquer d'elle, il lui trouve toujours des circonstances atténuantes. Franchement, il l'adore. Et je n'ai jamais compris pourquoi.

D'ailleurs, il lui demande son avis sur tous les sujets. Et il me répète tout quand elle me critique ! Je crois qu'il ne se rend pas compte...

Alors que même si son talk-show de merde cartonne, elle ne sera jamais invitée nulle part, c'est sûr ! Quoique...

Moi, je serais terrifiée si je devais passer à la télé, mais elle, elle ne rêve que de ça. Elle a une sorte de rage de réussir que j'admirerais, si elle ne me dégoûtait pas...

Non, ce n'est pas parce que l'émission porte sur les enfants que ça m'énerve, c'est parce qu'elle n'y connaît rien, vu que les siens sont toujours collés avec les nounous ! Trois nounous qui se relayent week-ends et vacances comprises, vous avez déjà vu ça ? !...

Ses enfants sont très beaux, et très malheureux : Côme et Galilée, c'est tout ce qu'elle a trouvé comme prénoms !

Sa fille s'autodénigre en permanence, c'est ce qui la rend supportable, parce que à côté de ça, elle dit sans arrêt des horreurs. Enfin, je crois que c'est parce qu'elle souffre. Et qu'elle essaie d'imiter sa mère... Quand on lui parle gentiment, en général, elle est réceptive.

Par exemple, je me souviens d'une fois où ils sont venus chez nous. Côme m'a demandé si j'avais des gâteaux, Galilée l'a coupé et lui a dit : "Mais non, ils n'ont pas de gâteaux, ils ne peuvent pas avoir d'enfants ! " Je lui ai dit que ce n'était pas gentil, et Philippe a ajouté : "Mais comme on est de grands enfants, on a plein de gâteaux !" Elle s'est excusée.

Mais ça ne se finit pas toujours aussi bien. La semaine dernière, je suis montée dire bonjour aux enfants, et la gamine m'a demandé pourquoi sa mère me détestait.

Ça va peut-être vous étonner, mais ça m'a fait beaucoup de peine. C'était avant un déjeuner de famille, je suis partie en pleurant.

Philippe ? Il m'en a voulu d'être partie sans un mot. Tout le monde s'est offusqué de mon départ, ils n'ont parlé que de ça pendant le déjeuner, personne ne comprenait ce qui m'avait pris.

Plus tard, quand je lui ai expliqué ce qui s'était passé, il m'a dit que j'aurais dû crever l'abcès, qu'il m'aurait défendue si j'en avais parlé à table...

L'idée de les affronter ne m'avait même pas effleurée. Philippe ne m'avait jamais défendue avant ; alors, pourquoi l'aurait-il fait cette fois-là ?

Une anecdote me revient : après le "oui" à la Mairie, j'étais terriblement émue, quand j'ai embrassé Hémorroïde, je l'ai serrée dans mes bras dans un élan de réconciliation, et elle m'a dit : "J'ai fait un horrible cauchemar : tu accouchais d'un bébé difforme. Franchement, j'ai un affreux pressentiment." C'est le genre de choses qui pourrait provoquer un blocage pour le bébé, non ?...

Philippe ? Il est bien possible qu'il ait des conflits intérieurs, difficile de faire autrement quand on est né dans une famille pareille ! Mais il ne doit pas en être conscient.

Je pourrais peut-être l'aider à travers vous ?...

Je suis d'accord : une thérapie n'est pas destinée aux absents. Alors quoi ? Le convaincre d'en faire une ?...

Le mot est mal choisi, je sais bien qu'une thérapie ne se fait pas sous la contrainte...

Mais peut-être qu'il n'y a tout simplement jamais pensé et qu'il serait prêt à essayer ? »

Jeanne finit d'arroser ses orchidées. Elle observe son salon, traquant la moindre faute de goût, mais elle ne trouve rien et va s'asseoir dans le canapé.

Elle n'avait jamais réalisé que le cours d'anglais durait si longtemps.

Elle change encore une fois de position, difficile de trouver la bonne attitude...

Elle se cale dans le fond du canapé, croise les jambes... Pas comme ça, trop sérieux...

Se décale sur le côté, appuie son genou sur l'accoudoir... Pas trop quand même, inutile de s'avachir complètement. Voilà, comme ça, c'est pas mal. Allume une cigarette. L'éteint : s'il ne fume pas, ça fait mauvais genre. Vite, elle allume une bougie parfumée. Mince ! le livre, oublié sur la table. Vite, le prendre et retrouver la bonne posture. Jeanne frissonne. Aller chercher un gilet ? Non, pas très sexy d'être emmitouflée.

Cela fait vingt minutes qu'elle relit le même paragraphe. Enfin la porte s'ouvre, des pas dans le couloir, la voix de Jeff résonne : « *See you next week !* »... il est là. Elle se lève immédiatement, jette le livre sur un fauteuil, et avance vers lui, tout en écartant de son esprit le constat de l'inutilité de la pose qu'elle avait eu tant de mal à trouver et conserver.

« Ça s'est bien passé ?

— Oui, très bien, la dernière fois, je crois qu'ils étaient fatigués, c'est mieux de faire le cours le matin... Je voulais vous prévenir, je ne pourrai pas venir le samedi 18, parce que je déménage.

— Ah bon ? D'accord, pas de problème... J'ai lu le livre que vous m'avez offert, j'ai adoré.

— C'est vrai ? Tant mieux... Il en a écrit d'autres, je pourrai vous en prêter...

— Oui, avec plaisir.

— ... Samedi soir, le 18, je vais pendre la crémaillère avec quelques amis. Peut-être que vous pourriez venir ?... C'est-à-dire, avec votre mari, bien sûr...

— Mon mari sera absent, il part en congrès le 16.

— Ah, très bien, et vous ? Je veux dire : vous viendrez quand même ? »

Charlotte et Lucas sont fort occupés à se faire d'épouvantables grimaces pour se montrer la nourriture qu'ils ont mâchouillée et gardée dans leur bouche.

Jeanne n'y prête aucune attention.

« Eh bien, c'est du propre ! » s'exclame Victor qui vient d'arriver.

Les enfants s'arrêtent instantanément et reprennent leur dîner tandis que Victor inspecte la table d'un air dépité.

« C'est tout ce qu'il y a à manger ?

— Je surveille ma ligne, répond Jeanne.

— C'est nouveau ! Enfin, si tu pouvais faire ça sans surveiller la mienne, ce serait bien aimable.

— Il y a plein de trucs dans le frigo si tu as faim. »

Elle se lève et va chercher un plateau de fromage et une assiette de poulet froid qu'elle tend à son mari.

Puis elle se tourne vers la machine à café, se fait un décaféiné et revient s'asseoir à table.

« Bonne journée ? » demande Victor.

C'est Lucas qui répond et lui raconte en détail son entraînement de foot.

Jeanne soulève délicatement sa tasse de café et repousse la soucoupe quelques centimètres plus loin. Puis elle contemple rêveusement la tasse qu'elle tient entre ses mains fines.

La voix de Victor résonne :

« C'est drôle : toutes les femmes font pareil : d'abord elles éloignent la soucoupe, et ensuite elles prennent la tasse, mais dans la paume de la main. Sans jamais se servir de l'anse !... Dis, pourquoi vous faites toutes ça ? »

Dire que je croyais être unique. Mais non. Même dans ma façon de boire mon café, je suis banale. Merci, Victor.

Nous sommes toutes similaires, persuadées d'être exceptionnelles. Comme c'est triste.

Remarque, aujourd'hui, je m'en fous.

Puisque Jeff, lui, semble me trouver différente.

Possible. C'est tout ce qui m'intéresse : que ce soit possible. Hier encore, je croyais que ma vie était tracée pour les vingt ans à venir ; tout à coup, la simple idée que je puisse changer de route me donne des ailes. Ce n'est pas seulement de l'air frais, c'est du bonheur à l'état pur. J'ai recommencé à rêver.

Natacha me l'a dit : c'est indispensable d'avoir des rêves. Je le sais bien : je serais devenue folle depuis longtemps si je ne passais pas la moitié de mon temps à rêver ma vie.

Là, quand même, c'est trop.

Madame Bovary. Grotesque.

Chercher son nom dans le Bottin, regarder son ancienne adresse, puis la nouvelle sur le plan... À quoi je joue ?

J'espère qu'il ne m'a pas vue quand je le guettais, la dernière fois. Quelle panique quand il a levé la tête !

Non, il n'a pas pu me voir, j'étais bien planquée derrière le rideau. Tout ça pour apprendre quoi ? Qu'il a une Twingo noire. Maintenant, à chaque fois que j'en vois une, je sursaute. Je n'avais jamais réalisé qu'il y avait autant de Twingos noires à Paris. Je n'arrête pas de tressaillir. Ça m'épuise. Toute cette agitation me rappelle mes quinze ans, et ça ne peut pas être un bon signe.

Je suis débordée par la folie qui s'empare de moi, il faudrait ralentir, mais même ça, je n'y arrive pas.

Je suis fatiguée de passer mon temps à penser à lui, de m'endormir en rêvant à lui, de me réveiller en pensant à lui, à tel point que parfois, après une nuit agitée, j'ai presque la nausée. Est-ce que je le veux tant que ça ?

Est-ce qu'il serait à la hauteur de mon envie ?

C'est étrange, quand j'essaie de penser à lui objectivement, j'ai un mal fou à me remémorer son visage. À force de le rêver, de le fantasmer, il est devenu irréel.

Pourquoi est-ce que c'est toujours comme ça ?

Pourquoi mes désirs m'obsèdent-ils tellement qu'ils finissent par m'écœurer ?

Victor et les enfants ont fini de dîner. Jeanne se lève et commence à débarrasser. Dans un mouvement d'humeur, elle repousse quelques objets pour faire rentrer le poivrier dans un placard bondé et déclenche une avalanche : le chocolat en poudre, plusieurs flacons d'épices, et une bouteille d'huile d'olive dégringolent.

Le tout tombe par terre dans un immense vacarme de verre brisé. L'huile d'olive se répand sur le sol et se mélange au chocolat et aux épices, générant une sorte de boue grasse et sombre.

En contemplant l'étendue du désastre, Jeanne pousse un grand cri.

Un long cri qu'elle fait durer consciemment, jusqu'à ce que sa gorge lui fasse mal, et plus encore. Elle a la conviction qu'il faut aller trop loin. Simplement, pour qu'à cet instant, son mari et ses enfants aient raison d'avoir peur d'elle. Ensuite, ne plus jamais oser se laisser aller de la sorte.

Victor et les enfants la regardent, stupéfaits.

À bout de souffle, elle finit par se taire. C'est Lucas qui rompt le silence.

« Ça va, maman ? demande-t-il timidement.

— Ça va », répond Jeanne en se ressaisissant.

Elle avale sa salive. Sa gorge brûle.

« Ne t'inquiète pas, si j'ai crié comme ça, c'est parce que je suis en colère contre moi, je m'en veux d'être aussi maladroite.

— Venez, les enfants, dit Victor, il ne faut pas rester là, il y a du verre partout.

— Papa a raison, vous devriez sortir pendant que je nettoie. Vous voyez : j'ai fait une bêtise : je la répare, les grands aussi doivent assumer leurs erreurs. »

Elle sourit pour les convaincre que l'incident est insignifiant, mais personne n'est dupe.

Ils sortent de la cuisine et Jeanne va chercher les ustensiles nécessaires pour s'acquitter de sa pénitence.

Bien qu'elle lessive le carrelage plusieurs fois, une fine couche d'huile s'est incrustée et le laisse glissant. Il le restera encore durant plusieurs jours, le temps que Jeanne digère sa honte. Ne jamais exploser quel que soit le degré de frustration. Savoir se consumer seule, jusqu'à totale désagrégation.

L'objectif de Violette est audacieux : acheter tous ses cadeaux de Noël en une fois. Elle a demandé à sa sœur Maud de l'escorter pour affronter l'épreuve que constitue une expédition en nocturne aux Galeries Lafayette.

Violette traverse la cour pavée à la recherche d'un logo qui lui indique l'agence de communication où travaille sa sœur. C'est la première fois qu'elle vient la chercher à son travail, et elle découvre un loft, recouvert d'une verrière, et entouré de petits bureaux à la décoration minimaliste. L'open space sert de salle de réunion, il permet aussi de voir les autres personnes travailler derrière leurs baies vitrées.

Une secrétaire emmène Violette dans le bureau de Maud, qui est en pleine conversation téléphonique et lui fait un petit signe de la main pour l'inviter à s'asseoir. Sur un coin de son bureau, Violette remarque un vieux transistor un peu rouillé, et s'amuse de la présence d'un objet aussi démodé dans cet univers ultramoderne. Mais la question se pose également au sujet de sa sœur...

Quand Maud répond au téléphone, elle a une expression affolée, et murmure un petit « Allô ? » plein d'inquiétude. En revanche, elle hurle dès qu'elle se sert d'un portable, même si la connexion est excellente, ce qui semble être le cas.

« Tu peux poser le téléphone sur la table et continuer sur le même ton, je suis sûr qu'il t'entendra quand même ! suggère le jeune homme qui partage son bureau.

— Elle a toujours eu du mal avec ce qu'elle appelle les armes de son siècle. J'ai l'habitude, je suis sa sœur, Violette.

— Oui, vous vous ressemblez. Moi, c'est Franck. »

Il se lève à moitié pour lui serrer la main, Maud raccroche, embrasse sa sœur et commence à rassembler ses affaires.

« Ils sont d'accord, dit-elle à Franck. C'est passé comme une goutte dans la rosée du matin.

— Maud, je suis amoureux de toi ! lui répond-il en remuant son Nescafé avec un Stabilo.

— Voilà qui va simplifier ma vie ! Tu connais Bruxelles ? »

Violette fait un effort considérable pour ignorer la conversation, puis elle suit sa sœur qui lui fait faire le tour de l'atelier.

À chaque fois qu'elles entrent dans un bureau, Maud lui présente des jeunes gens travaillant sur un ordinateur portable dans une attitude merveilleusement nonchalante. Leur autre point commun est qu'ils sont entourés d'étagères vides. Seule exception : le bureau des attachées de presse avec sa table soigneusement recouverte de magazines. Mais l'atmosphère détendue est la même.

L'open space et les étagères désertes donnent l'impression que l'entreprise vient de s'installer ; en réalité, cela fait deux ans qu'ils ont emménagé.

« Ce matin, j'ai vu mon ex, dans une sublime bagnole, dit Maud en sortant de l'atelier. Je ne sais pas comment il fait, il paraît qu'il gagne beaucoup d'argent.

— Tu devrais lui demander une pension alimentaire !

— Pour quel motif ?

— Je ne sais pas, moi, essaie "non-harcèlement moral et sexuel"...

— Il paraît que chez lui, quand les enfants ne finissent pas leur assiette, on la leur ressert, trois repas de suite si nécessaire.

— J'ai une amie qui a subi la même chose. Résultat : dix ans de thérapie !

— Enfin, c'est pas lui qui fait ça, c'est sa femme. Tu te rends compte ! Il a épousé une femme encore plus psychorigide que moi... Bien fait pour sa gueule ! »

Les deux sœurs marchent d'un pas vif, bras dessus bras dessous.

« C'est fou ce qu'ils sont jeunes, à ton boulot ! remarque Violette.

— Oui, la moyenne d'âge est de vingt-six ans.

— Il est marrant, le Franck, il fait quoi ? Ingénieur Web.

— Tu as remarqué avec quoi il mélangeait son café ?

— Il prend toujours le premier truc qui lui tombe sous la main. Tous les matins, je me demande ce qu'il va utiliser : un crayon, une règle... L'autre jour, c'était sa branche de lunettes ! Jamais vu un touilleur pareil ! »

Violette attend d'autres commentaires, mais Maud est préoccupée.

« Jennifer ne veut plus travailler chez moi, à cause de mes "habitudes de poubelle", comme elle dit ! C'est quand même incroyable qu'elle ne comprenne pas que le recyclage est essentiel ! Je lui fais remarquer que les Kleenex sales ne doivent pas aller dans le sac papier-carton-plastique. Elle hausse les épaules, en me disant : "C'est comme vous voulez." Comme si je faisais des caprices... Et puis, une heure après, elle vient m'engueuler et me dire qu'elle démissionne !

— Écoute, tu n'as vraiment pas besoin de te faire terroriser par une gamine de vingt ans. En plus, tu n'avais pas besoin d'elle, je n'ai jamais vu un appartement aussi propre que le tien...

— Il y a autre chose. J'ai quitté Laurent hier.

— C'est pas vrai ! Pourquoi ? Comment il l'a pris ?

— Bien. D'autant plus qu'en fait, c'est lui qui m'a quittée. Je suis sur le point de commencer à déprimer, mais je me retiens.

— Tu n'es pas obligée de te retenir.

— Franchement, je crois que c'est mieux comme ça. Il faut que je te dise : c'est un obsédé sexuel ! J'ai découvert une bouteille de Love Drops dans sa poche ! À moitié vide ! Ça veut dire qu'il m'en filait... Inutile de te dire que ce n'est sûrement pas bio ! Et moi qui me demandais pourquoi il insistait tous les soirs pour me servir un verre... Il achète des trucs dans un sex-shop, avenue de Versailles. Oui, avenue de Versailles, en plein XVIe ! Enfin, il achète des trucs bien, c'est pas un vicieux, c'est pas sale. Y'en a un très joli, avec du doré autour...

— Tu veux dire un...

— Oui, un truc avec des piles. N'en parlons plus. D'ailleurs, il m'a déjà laissé deux messages, ça va sûrement s'arranger.

— Le Franck, dans ton bureau, il a l'air de bien t'aimer.

— Oh, ne fais pas attention, c'est un jeu.

— Tu en es sûre ? Et toi, il ne te plaît pas.

— T'as pas vu comme il louche ? Je sais : l'apparence est secondaire, mais quand même, on a le droit d'être avec un mec qui ne regarde pas la lampe quand il dit "Je t'aime"... »

Maud s'arrête net pour fixer les pieds de sa sœur.

« Je ne peux pas croire que tu aies acheté des Nike. Après tout ce que je t'ai expliqué sur leurs méthodes de travail...

— Je sais, c'est très mal. Je culpabilise à fond. Mais, sérieusement, les marques que tu m'as recommandées, elles étaient toutes horribles... »

Violette entre dans le grand magasin ; Maud la suit en fixant ses baskets.

« Cela dit, elles sont super.

— Ah bon, tu trouves ? demande Violette, gênée.

— Oui, mais je tiendrai bon, tu me connais !

— Bon, j'ai fait une liste, enchaîne Violette en accélérant le pas. J'ai pensé à un DVD pour papa.

— ... Très bien.

— Tu as une idée ?

— Tiens, regarde : *Seven* ?

— ... Tu n'as rien de plus gai ?

— Sérieusement, j'ai adoré ce film. Sauf la tête dans la boîte. Pas du tout aimé la tête de sa femme dans la boîte. Oh ! regarde : *La Mélodie du bonheur* ! Laisse-moi deviner : trop gai ? Tant pis, je vais le prendre pour moi.

— Je ne sais pas comment je peux t'aimer autant. »

Quelques euros plus tard, la moitié de la liste de Violette est proprement rayée. Maud s'arrête devant une magnifique paire de bottes.

« Attends, je regarde le prix... 700 euros ! Ils sont fous ! On oublie, ce n'est pas grave. De toutes les façons, je crois qu'il faut boycotter les marques italiennes tant que Berlusconi sera au pouvoir.

— Ah bon ? Tiens, regarde la Japonaise, là-bas. Elle porte les bottes de tes rêves...

— Au diable les Japonaises. Elles achètent n'importe quoi du moment qu'il y a une marque dessus. Aucune personnalité ! »

Elles arrivent à la parfumerie et se perdent de vue tandis que Violette fait ses achats. Puis elle retrouve enfin sa petite sœur.

« Où étais-tu ? lui demande Violette. Je te cherche partout...

— J'ai vu un présentoir avec Glamourous et la photo de Pénélope Cruz, je m'en suis aspergée, des fois que Tom Cruise passe dans le coin et que ça lui donne envie de m'attraper.

— Oublie, ils sont séparés. Bon, on continue ?

— J'en peux plus.

— Allez, sois sympa, tu sais que je ne me sentirai pas bien tant que je n'aurai pas fini de rayer tous les noms de ma liste.

— T'avais qu'à t'y prendre plus tôt.

— Il reste trois noms, dont le tien. À part les bottes, tu as repéré quelque chose ? »

Maud l'entraîne et désigne une robe sur un mannequin.

« Comment tu la trouves ?

— J'aime pas du tout, je trouve qu'elle fait mémère provinciale.

— Justement, j'adore ! »

Violette soupire et change sa montre de poignet.

« Je me demande comment je peux t'aimer autant. »

Natacha, Jeanne et Violette déjeunent dans un bistrot bondé où règne une folle activité. Attablés au bar, deux jeunes hommes les toisent avec insistance.

Les trois amies ont repéré leur manège ; chacune d'entre elles se demande laquelle des deux autres attire leur attention, sans pouvoir imaginer une seconde être elle-même la cible de leur convoitise.

Au bout d'un moment, à force de jeter des coups d'œil furtifs dans la même direction, elles réalisent qu'elles ont déjà vécu cette scène et éclatent de rire.

« On pense la même chose ! s'exclame Natacha.

— Oui, admet Violette. Laquelle est-ce qu'ils regardent ?

— En tout cas, une chose est sûre : ils sont plus jeunes que nous ! Mauvaise nouvelle : maintenant, on remarque les types plus jeunes que nous.

— Deuxième mauvaise nouvelle : ça va nous arriver de plus en plus souvent.

— Arrête ! Ça fait déjà six mois que c'est mon cas et je le vis très mal ! dit Jeanne.

— Ah bon ? Raconte...

— Oh, rien d'intéressant...

— Tu peux nous en parler, quand même ! » insiste Violette.

Jeanne hésite quelques secondes, puis se lance.

« Le prof d'anglais des enfants. Il a un charme fou... Grand, brun, assez baraqué. Un très léger accent américain... Il m'a offert un bouquin pour mon anniversaire, j'étais comme une folle.

— J'en étais sûre ! coupe Natacha. Je l'ai senti à la façon dont tu as parlé de lui... C'est quoi comme bouquin ? Parce que si c'est un tant soit peu perso, il est possible que tu aies un gros ticket avec lui...

— Attendez, je ne suis même pas au courant, proteste Violette. Le prof d'anglais ? Il s'appelle comment ? Il a quel âge ?

— Jeff... vingt-huit, trente, peut-être. Il faut qu'il ait au moins trente ans, sinon, je me sentirai trop vieille pour lui et je n'oserai même plus fantasmer.

— Parce qu'on en est déjà au stade du fantasme ? s'étonne Violette.

— En fait, il y a du nouveau : il m'a invitée à sa pendaison de crémaillère le samedi 18...

— Je te crois pas ! dit Natacha. Et Victor ?

— Il sera en congrès. »

Un moment de silence pour digérer l'information.

« Sérieusement, reprend Jeanne, c'est un signe, non ? Victor part le 16, il m'invite le 18 !

— C'est un signe si ça t'arrange, répond Natacha.

— Qu'est-ce que tu veux dire ?

— C'est pratique, les signes, surtout si on veut se déculpabiliser... Un signe de qui, d'abord ? Admettons, le Dieu de l'adultère est avec toi.

— Et toi ? Tu es avec moi ?

— Bien sûr. Tu es mon amie avant tout.

— Tu vas y aller ? demande Violette.

— Bien sûr qu'elle va y aller ! s'interpose Natacha.

— En fait, je ne sais pas. Le Dieu de l'adultère ne donne pas de conseil, dit-elle en regardant Natacha.

J'en meurs d'envie, évidemment. Je ne pense qu'à ça. En venant, j'ai zappé de radio en radio, à la recherche de quelque chose à la hauteur de mon euphorie. Je n'ai rien trouvé. J'ai fini par laisser Radio Classique. Même le *Requiem* de Mozart m'a semblé réjouissant... En même temps, c'est la panique.

— Qu'est-ce que tu vas mettre ?

— Aucune idée. J'ai commencé à réfléchir, je n'ai pas trouvé...

— Allez, debout, dit Natacha en se levant, on va te trouver quelque chose. »

Une heure plus tard, Natacha trouve enfin ce qu'elle avait en tête.

« Celle-là ! s'exclame-t-elle en désignant une robe en soie rouge. Elle est sexy sans être vulgaire, pas trop habillée, c'est exactement ce qu'il te faut.

— Elle est rouge ! répond Jeanne. Je ne porte jamais de rouge.

— Justement, c'est le moment de commencer.

— C'est vrai qu'elle est très belle... J'adore les petits boutons sur le côté... Et puis c'est un beau rouge, pas criard... Enfin... elle est sans manches, ça m'embête. Tu me connais : j'ai toujours froid.

— Mais non ! Tu vas à la soirée d'un homme qui te plaît. Sans ton mari. Tu n'auras pas froid.

— Elle fait combien ?... Oh la la ! C'est un peu cher...

— Va l'essayer ; si elle te va comme une moufle, tu laisses tomber ; au moins, tu n'auras pas de regrets... »

Violette se tient en retrait, incapable de se mêler à ce qu'elle considère malgré elle comme une entreprise criminelle.

Jeanne entre dans la cabine d'essayage. Quand elle en ressort, moulée dans la robe qui souligne son teint clair et sa nuque dégagée, la décision s'impose.

« Bon, c'est nickel, fais péter la Visa », confirme Natacha.

Pendant que Jeanne se rhabille, on entend sa voix derrière le rideau :

« ... Je suis sûre qu'il a une carte bleue normale ; une Visa même pas Gold. Ce n'est pas grave qu'il n'ait pas d'argent, c'est juste que s'il doit sortir sa carte bleue pour m'inviter au restau, je vais me sentir horriblement coupable. D'ailleurs, c'est moi qui l'inviterai...

— Avec l'argent de Victor ? s'esclaffe Natacha. Il doit y avoir mieux pour déculpabiliser... »

Jeanne préfère ignorer la remarque. Le rideau s'ouvre et, en se dirigeant vers la caisse, elle ajoute :

« C'est emmerdant, ces histoires d'argent ; déjà, la dernière fois, j'étais gênée en le payant, il faudrait que je trouve un système, genre enveloppe sur la table... »

Natacha acquiesce, Violette ne répond pas, trop occupée à l'admirer en se disant qu'elle aimerait bien, elle aussi, oser porter du rouge. Oser faire des choses interdites. Son portable sonne.

« Allô ?... Non... Les MAP kinases des plaquettes... Parce que je crois qu'elles ont un rôle à jouer dans l'adhésion des plaquettes au collagène !... Bon, j'arrive. »

Elle raccroche et embrasse rapidement ses amies.

« Je file, on s'appelle.

— Je ne sais pas si je fais bien d'acheter une robe exprès pour lui, poursuit Jeanne. Peut-être qu'il est tout simplement poli. Peut-être qu'il ne me regardera même pas.

— Et alors ? demande Natacha. S'il ne te regardait pas, tu ne te ferais plus jamais belle ? »

Le soir, Victor rentre tandis qu'elle est en train d'essayer sa nouvelle robe. Il la regarde et lui dit :

« Tu es magnifique ! »

Jeanne a la tête baissée, elle est occupée à fermer les douze petits boutons recouverts de soie qui suivent la ligne de son buste. Elle n'a pas entendu Victor rentrer et elle sursaute. Il l'enlace avant qu'elle n'ait le temps de se retourner.

« C'est vrai, elle te plaît ? Je m'en veux un peu, je l'ai achetée sans raison particulière...

— Tu as bien fait. Elle te va à merveille. »

Il la fait tourner pour lui faire face et la serre contre lui ; elle l'embrasse maladroitement, puis recule afin de ne pas sentir un désir auquel elle ne saurait répondre.

Quand Victor vient se coucher, elle ne dort pas, trop occupée à penser à Jeff. Encore une fois, elle s'étonne de sa capacité à rêver d'un autre homme tout en étant couchée près de son mari, elle ne s'en serait jamais crue capable. Mais la culpabilité n'empêche pas ses fantasmes de la tenir éveillée.

Au bout d'un long moment, à la fois parce qu'elle se sent fautive et qu'elle n'a pas sommeil, elle vient se serrer contre lui. Il l'embrasse et ils font l'amour.

Après, tout ému, il lui dit :

« Ça fait longtemps que tu ne t'étais pas donnée comme ça. »

Élise, ma chérie,

Bientôt Noël. J'ai passé trois heures à te chercher un cadeau avec Maud. C'est toujours plus compliqué avec elle car dès que je choisis quelque chose, elle m'explique qu'il s'agit d'une marque qui fait travailler les enfants pour un dollar de l'heure, et je n'ai plus qu'à reposer l'objet proscrit.

Enfin, j'ai fini par y arriver. Elle m'accompagnait seulement, ses cadeaux à elle étaient faits depuis longtemps.

Si le Livre des Records décidait de désigner la personne la plus impliquée dans les festivités de Noël, Maud remporterait tous les suffrages. Elle commence à préparer les fêtes lorsque les températures dans l'hémisphère Nord avoisinent les 35º et que les fameux sapins « Nordman » n'ont pas fini de pousser. Tout l'été, elle accumule toutes sortes d'objets soigneusement emballés qu'elle achète au gré de ses coups de cœur. Elle y appose une petite étiquette avec le nom du destinataire et les range dans un placard, qui n'a pas d'autre fonction que de les accueillir en attendant que les sapins soient sur le marché, plusieurs mois plus tard.

En général, tout est réglé début septembre.

Je suis si heureuse quand je vois à quel point tu l'aimes. Quand on était petites, elle était toujours solidaire de mes punitions. On a tissé des liens magnifiques, le samedi soir dans notre chambre, quand j'étais privée de télé si j'avais eu une mauvaise note. À l'époque, il n'y avait que deux chaînes, et on regardait religieusement l'émission de variétés des Carpentier. C'était tout un spectacle : des chorégraphies, des décors kitsch et des tenues invraisemblables avec toutes sortes de paillettes. Quand tu liras ça, tu penseras que je délire, mais je t'assure que c'était une fête qu'on n'aurait ratée pour rien au monde. Eh bien, quand j'étais punie, elle prétendait ne pas avoir envie de regarder pour me tenir compagnie. Je n'oublierai jamais ça.

À l'époque, nous n'étions pas encore une famille recomposée, pas même une famille décomposée.

C'était avant que papa ne fasse taire Maud à table sous prétexte qu'elle disait trop de bêtises.

Heureusement, elle a résolu de se rattraper.

Après la mort de maman, il y a eu beaucoup d'autres samedis soir à deux. Mon père tuait ses insomnies en jouant au poker. Il aimait jouer, comme son père, mais seulement de petites sommes, histoire de se détendre avec ses amis.

D'après lui, ils jouaient assez mal, et la seule raison qui les poussait à jouer toute la nuit, c'est qu'ils finissaient par aller prendre un petit déjeuner chez Carette.

Papa les laissait partir, puis il venait nous réveiller et nous enchaînions sur un dimanche rempli d'activités qu'il qualifiait de « structurantes ».

C'est à cette époque que les liens se sont tendus entre Maud et lui. Avec moi, ça se passait mieux, j'étais plus sage, très raisonnable. J'ai appris à le rester.

Ma raison me sert d'armure, un bouclier qui me donne l'impression d'être préservée contre les mauvaises surprises de la vie.

C'est pour cela que je ne remplis mes agendas qu'au crayon : pour ne pas risquer de compter sur quelque chose qui ne viendra pas. J'écris aussi mes rendez-vous a posteriori, ton père se moque de moi en me demandant à quoi ça sert. Effectivement, pas à grand-chose, c'est juste que j'aime quand la réalité se conforme à ce que j'avais prévu, je trouve ça rassurant. Et puis ça me donne l'impression de conserver une trace du temps qui court.

En fin d'année, lorsque je mets une nouvelle recharge, j'essaie de trouver une bonne raison de garder l'ancienne, je n'en trouve aucune, et je me résigne à la jeter.

Jeanne feuillette un magazine de décoration en s'attardant sur des images de chambres à coucher. Quels draps choisirait-elle si elle devait y dormir avec Jeff ? Puis elle imagine comment meubler leur chambre. De fil en aiguille, elle conçoit tout leur appartement. Elle est en train d'hésiter concernant les carrelages de la salle de bains lorsque sa fille Charlotte l'interrompt.

« Maman, tu me mets *Blanche Neige* ?
— Encore ? Tu l'as déjà regardé hier ! Je vais te mettre *Les Aristochats.* »

« Quel génie, ce Disney ! pense-t-elle. Avec sa romance entre Duchesse et O'Maley, il avait déjà pensé à introduire les familles recomposées... Les histoires de Prince Charmant qui en un seul baiser transforment la vie d'une jeune fille en bonheur éternel, ça va cinq minutes... »

Charlotte n'a pas le temps de contester le choix de sa mère, on sonne.

« Les voilà ! » hurle-t-elle.

Elle ouvre la porte et saute au cou d'Élise.
« J'ai emmené Miyayi et Miyayo ! » s'exclame celle-ci en brandissant deux poupées.

Pendant ce temps, Violette, chargée de plusieurs sacs en plastique, va directement s'installer dans la cuisine.

« Elle exagère, Natacha, je veux bien faire quelques gâteaux, mais pas dix !

— Entièrement d'accord, je lui ai dit la même chose, répond Jeanne. Elle m'a promis que c'était la dernière fois. »

Petit à petit, les deux amies se laissent absorber par leur tâche. La monotonie des recettes répétées, les mêmes gestes reproduits consciencieusement, le silence qu'elles partagent... Tout contribue à les envelopper d'une douceur feutrée, confortée par un sentiment d'intimité.

« Qu'est-ce qui se passe avec Victor ? demande soudain Violette. Cette histoire de prof d'anglais, ça n'arrive pas par hasard...

— Je ne sais pas. Peut-être l'usure du temps, tout simplement. Il ne fait plus du tout attention à moi... Certains soirs, il ne m'adresse même pas la parole quand il rentre. Souvent, je suis déjà couchée, il va dans la cuisine, se sert à manger et va s'installer devant la télé avec son assiette. Ça ne lui viendrait même pas à l'idée de venir me dire bonsoir. Il ne vient me rejoindre qu'au moment de dormir. J'éteins la lumière quand j'entends ses pas dans le couloir pour éviter d'avoir à échanger des banalités. On s'endort sans s'être adressé la parole. Et ça n'a pas l'air de le gêner. »

Violette l'observe sans rien dire.

« Mais je ne suis pas sûre d'être prête à le quitter. Hier, quand il est entré, il a vu la robe rouge et il m'a dit que j'avais bien fait. Tu ne peux pas savoir ce que j'ai eu honte...

— Tu vois, il faut peut-être essayer encore...

— C'est très étrange : il m'ignore pendant des journées entières, puis il est soudain très doux. Il m'a serrée très fort dans ses bras... Il y avait vraiment de l'amour à ce moment-là.

— J'espère qu'il a eu droit à une récompense.

— Bien sûr ! Je l'ai remercié chaleureusement pour la robe.

— C'est tout ?

— Comment ça ?

— Il est généreux avec toi, il te fait sentir qu'il t'aime. Il faut lui renvoyer l'ascenseur.

— C'est-à-dire ?

— Tu sais très bien ce que je veux dire !

— Non, je t'assure !

— Comment ça s'appelle, déjà, quand on gratifie un homme pour sa générosité ?

— ... De la prostitution ?

— Pas quand on est marié !

— De la prostitution exclusive et légalisée ?

— Tu le fais exprès !... Enfin, je comprends que tu aies eu honte ; même moi, en pensant à Victor, j'ai été gênée... Alors, tu vas le faire ?

— Faire quoi ?

— Coucher avec le prof d'anglais.

— Qu'est-ce que tu racontes ? Tout ce que j'ai dit, c'est que ça m'a troublée quand il m'a offert un livre. Maintenant, rien ne prouve que ça ira plus loin.

— En tout cas, j'espère que tu as réfléchi, parce que si tu sors avec lui, une fois que ce sera fini, tu devras trouver un nouveau prof pour les enfants.

— Mais je ne vais pas sortir avec lui ! Il me plaît, c'est tout.

— C'est quoi, son nom de famille ?

— Lévy.

— Oh !... Il ne t'épousera jamais.

— Mais qu'est-ce que tu racontes ? Tu es folle ! Je ne sais même pas si je lui plais et toi, tu me parles de mariage !... Et puis je te rappelle que je suis déjà mariée... Et puis, pourquoi il ne m'épouserait pas, d'abord ?

— C'est très compliqué avec ces familles-là. Les Lévy, les Cohen, ils n'épousent pas n'importe qui. Enfin, jamais les goys.

— Eh bien, merci. Merci de m'avoir fait gagner du temps. Je vais tout de suite commencer à chercher un nouveau prof d'anglais pour quand ça sera fini, et puis, pendant que j'y suis, je vais aussi chercher un autre amant potentiel, mais un qui voudra bien m'épouser, juste au cas où... »

Les voix des filles dans le couloir la font taire. Quelques secondes plus tard, Élise passe devant elles, suivie de Charlotte qu'elle tient en laisse avec son écharpe, bien que celle-ci la dépasse d'une bonne tête.

« Allez viens, mon toutou, je vais te donner des croquettes...

— Élise ! Ça ne va pas ? s'insurge Violette. Enlève immédiatement cette écharpe du cou de Charlotte qui n'est pas un chien, je te le rappelle !

— Laisse-nous, on s'amuse ! » répond Charlotte, qui semble en effet follement réjouie.

Les deux amies se regardent : la mère du tyran, celle de la victime, unies par le même désarroi.

Puis Jeanne secoue la tête.

« Je ne peux pas croire qu'il ne m'épousera jamais. Salaud !

— Oublie, je peux me tromper. Et puis tu as raison, on n'en est pas là... Et Victor, où est-il ?

— Il a emmené Lucas jouer au foot... Tu sais, pendant des années, mon moment préféré a été le week-end parce qu'on allait passer tout notre temps ensemble ;

maintenant c'est le lundi matin, quand il referme la porte derrière lui. Enfin, façon de parler... Il laisse toujours la porte grande ouverte en partant, comme si c'était évident que j'allais le raccompagner à la porte, ou pire, comme si j'étais là pour fermer les portes derrière lui ! De toutes les manières, aujourd'hui, je ne supporte plus nos week-ends non plus.

— Pourquoi ? Tu t'ennuies ?

— C'est pire ! Il ne fait que radoter, comme un vieux qui aurait perdu la boule ! Ça me rend dingue !

— Quand on vit en couple, on trouve toujours que l'autre radote.

— Ce n'est pas ça ! Par exemple, sa première phrase le matin, à dix heures passées, alors que je suis debout depuis sept heures, c'est : "Qu'est-ce que je suis fatigué..." D'emblée, je suis énervée. Ensuite, on part se promener au Bois, et quand on passe devant le grand café sur la Place, il dit à chaque fois : "Je me demande pourquoi il y a toujours du monde ici." Au début, je répondais : "Parce que c'est le seul café à la ronde, que la terrasse est plein sud, et que les primates peuvent exhiber leurs belles voitures." Mais chaque semaine, il répète la même phrase : "Je me demande pourquoi il y a toujours du monde ici." Maintenant, je l'ignore. Mais il insiste, il me relance ! Ce matin, j'étais tellement à bout que j'ai répondu froidement : "Et moi, je me demande comment on peut être assez con pour se poser une question pareille !" Je n'en peux plus. En rentrant, il va jouer au Loto, et le soir, après les résultats, il vient me voir pour m'expliquer qu'il a presque gagné ! »

Violette éclate de rire.

« Je suis d'accord, présenté comme ça, c'est un cauchemar. Mais tu sais, ils ont tous leurs petites manies. Prends Gilles : à chaque fois qu'on passe devant un endroit où il a habité, il me montre l'immeuble en disant : "J'ai habité ici." Quand il me fait ça, moi aussi je l'accuse de sénilité...

— Franchement, je me demande comment on fait pour supporter ça ! Mais j'insiste : chez nous, c'est pire. Quand les enfants sont chez des copains, il y a toujours un moment où Victor propose qu'on aille voir ses parents. Je demande : "Et sinon ?" Et sinon rien. Il n'a jamais rien d'autre à me proposer. Et moi, je suis fatiguée d'être le G.O. du couple, toujours à suggérer un film, une expo, un restau. Victor ne prend pas la moindre initiative, il ne s'en donne pas la peine.

— Tu sais, tu te focalises sur ce qui t'énerve, mais il y a forcément des tas de choses qui font que ça vaut quand même la peine.

— Je ne sais pas.

— Parce que tu as oublié. Il faut choisir : soit tu trouves les bons côtés, soit tu cherches la faute... Si tu cherches la faute, tu la trouveras toujours.

— Peut-être... C'est bizarre, cette agilité qu'on a, nous, les femmes. Moi aussi, je suis capable de soutenir mes amies tout en me montrant indulgente envers leurs maris. Mais mon indulgence se mue en exaspération totale dès qu'il s'agit du mien... Toi, tu laisses tout glisser...

— Pas tout. Tu devrais faire une liste. Moi, j'adore faire des listes, ça me permet d'y voir plus clair. Essaie, tu verras. Tu n'as qu'à faire deux listes, une avec tout ce qui ne va pas, et une autre avec les bonnes raisons de rester. Tu feras le point après... »

Violette regarde sa montre, puis, à plusieurs reprises, elle appelle sa fille qui joue dans la chambre à côté. Celle-ci fait la sourde oreille.

« Élise, pour la troisième fois : on y va ! »

Silence.

Elle hausse le ton.

« Élise, qu'est-ce que tu ne comprends pas quand je te dis de venir ?

— Et toi, maman, qu'est-ce que tu ne comprends pas quand je ne réponds pas ? »

Violette se tourne vers Jeanne, impuissante.

« Dire que quand j'avais son âge, je n'étais même pas au courant qu'on pouvait ne pas être d'accord...

— Rassure-toi, on est toutes passées par là... C'est un drôle de truc, la maternité : on passe deux ans à leur apprendre à marcher et parler. Et les seize années suivantes à leur dire de s'asseoir et de se taire. »

Les raisons de rester avec lui :

1) Les enfants.

Quand ils sautaient sur le lit ce matin. Je leur ai dit de se calmer et ils m'ont répondu : « Mais, maman, si on fait les fous, c'est parce qu'on est très heureux ! »... Mes amours.

De quel droit est-ce que je vais changer leur vie ? Victor et moi, on est loin de former un couple idéal, mais eux, ils méritent d'avoir une famille unie.

2) Les autres.

Les parents, les amis... Il faudrait leur expliquer, me justifier, essayer de les convaincre qu'on peut se séparer juste parce qu'on n'est pas heureux. Ils ne comprendraient pas, tout a l'air tellement parfait !

Ils comprendraient s'il y avait un homme pour m'entraîner avec lui. Ce serait tellement plus simple...

Que deviendra notre vie sociale ? Enfin, plutôt la mienne... Je sais comment ça marche : on invite rarement les femmes seules, les hôtesses n'aiment pas les tables impaires, c'est plus compliqué pour placer les gens à table.

Et au quotidien ? Les vacances, chacun son tour avec les enfants. Je ferai quoi quand ils seront avec lui ? Et le prêt sur l'appartement, ça marche comment ?

Il faudrait appeler Maître Carly, histoire de se renseigner...

3) L'argent.

J'en aurai beaucoup moins. Enfin, je m'habituerai.

Est-ce qu'on pourra garder l'inscription « Couple » au Country ? Les salauds, ils sont capables de nous faire payer deux pleins tarifs...

On irait séparément, et on se croiserait de temps en temps. Qu'est-ce qu'on fait quand on croise son ex-mari ? On s'embrasse ? On se salue de loin ? On fait semblant de ne pas se voir ? D'ailleurs, qu'est-ce que je ferais là-bas sans Victor ? Je n'irai plus. Qu'ils aillent tous se faire foutre.

Le voir ensuite au bras d'une femme. Quelle femme ? Si on se sépare, il fera comme Jean-Louis : il ira draguer aux soirées Club Med World et aux nocturnes du Louvre. Il est capable d'en trouver une encore plus jeune que moi. Une pétasse avec treillis et Converse.

Et pourquoi pas un bracelet Dinh Van ?... Mon mari va me quitter pour une pétasse en treillis, Converse, et bracelet Dinh Van. Quel salaud...

Mais non, c'est moi qui vais le quitter, la pétasse sera son lot de consolation.

C'est pareil, c'est insupportable...

4) Vieillir seule.

5) C'est quand même un bon mari.

Les raisons de le quitter :

1) La tristesse de notre quotidien.

2) Son égoïsme.

Sa façon de se couper du fromage en creusant à l'intérieur et en laissant la croûte ! Il fait pareil avec les quiches et les tartes, d'ailleurs...

Quand il fait les courses, et qu'il achète les choses qu'il aime en faisant croire que c'est pour moi. Comme le poisson fumé, alors que je déteste le sel. S'il croit vraiment me faire plaisir, c'est encore une preuve qu'il ne me connaît pas... À se demander s'il s'est jamais intéressé à moi.

3) Ses manières d'ado mal élevé.

Cette manie de manger directement dans les plats, en laissant son assiette vide en face de lui !

Et puis, ça me rend dingue qu'il se serve toujours du Nescafé en le versant dans le creux de sa main, et qu'il en mette partout. Chaque matin, nettoyer les grains de café éparpillés sur la table.

Marre de lui dire : « Il doit y avoir cinquante cuillères ici, tu pourrais faire un effort ! »

Il m'ignore et je le comprends : moi aussi j'ai horreur de cette femme qui s'énerve à cause de grains de café.

En fait, tous les matins, quand il passe la porte, j'ai déjà eu plein de raisons de m'énerver : salle de bains inondée, cintres et formes de chaussures jetés par terre, portable qui sonne dès qu'il est sous la douche, porte laissée ouverte.

Il revient toujours parce qu'il a oublié quelque chose. D'ailleurs, je me demande pourquoi je referme la porte derrière lui...

Et les pièces jaunes qu'il laisse sur la table en partant ! Je sais qu'il fait ça uniquement pour ne pas encombrer ses poches, alors pourquoi est-ce que je le vis comme s'il s'agissait d'un pourboire minable ? À chaque fois, je ressens une forme d'arrogance non dite : « Je n'ai pas besoin de ça. » Ce qu'il adviendra de ces pièces ? Il a autre chose à penser. Sinon, il devrait répondre : « Je suppose que ma femme les ramassera. »

Je suis une ramasseuse de miettes.

Mariée à un homme qui creuse sous les croûtes. Admirable.

4) Il ne se sert jamais des bons ustensiles.

Couper le pain avec le couteau à viande, ouvrir les huîtres avec le couteau à fromage... Ce n'est pas possible de se foutre de tout à ce point-là, il a beau me dire que les aspects matériels ne l'intéressent pas ; négliger, abîmer les objets, c'est une forme de manque de respect.

Ça ne peut pas être ça, on ne quitte pas son mari pour des histoires de vaisselle.

Des mauvaises raisons, rien que des mauvaises raisons.

Idem pour celles qui me font rester.

Allez, je jette ça, c'est nul. Je recommence. En cherchant les vraies raisons.

Les raisons de rester :

1) Les enfants, à condition qu'on ne leur pourrisse pas la vie.

2) La lâcheté.

3) L'attachement à nos habitudes, y compris celles que je ne supporte plus.

Les raisons de partir :

1) ~~L'ennui~~. Le désamour.

2) Jeff.

Ce que je rate. Peut-être.

La table est joliment dressée chez Victor et Jeanne. Ils prennent l'apéritif en compagnie de leurs invités : Jean-Louis, un vieil ami de Victor célibataire depuis peu, Natacha et son mari Philippe.

Jean-Louis contemple son verre de champagne rosé à la lumière puis secoue la tête.

« ... Non, c'est sans espoir. Un matin, il y a quelques semaines, elle est venue me faire un câlin. J'ai recommencé à espérer, mais quand j'ai parlé de reconstruction, elle m'a dit : "Ce n'est pas du tout ça. Je suis venue parce que tu me fais pitié, tout seul dans le salon à écouter des vieux disques." Quelle humiliation...

— C'était peut-être pas foutu pour autant, remarque Victor.

— Tu parles ! Ensuite, elle a tout fait pour que je m'en aille. Un soir, j'ai craqué. Je lui avais demandé : "Pourquoi est-ce qu'on ne sortirait pas s'amuser ce soir ?" Elle m'a répondu : "D'accord, mais si tu rentres avant moi, laisse une lumière allumée." Tu serais parti aussi, non ?

— C'est clair ! Quelle salope !

— Ah oui ! s'exclame Philippe. Excusez-moi, on ne se connaît pas, mais en effet, ça m'a tout l'air d'être un sacré boulet !

— Surtout quand on pense à tout ce qu'on a vécu ensemble !

— Elle doit faire une dépression, dit Jeanne. Ça ne lui ressemble pas du tout de briser son mariage sur un coup de tête, il doit y avoir une rupture profonde...

— C'est forcément une histoire de cul ! coupe Victor. Elle a trouvé un mec qui l'a réveillée et maintenant, elle est accro, c'est tout !

— Je te remercie ! s'écrie Jean-Louis, furieux. Enfin, tu te trompes, je lui ai demandé cent fois si elle avait rencontré quelqu'un et elle m'a juré que non. Non, ce n'est pas ça, elle est en vrac. *She is in vrac.*

— C'est bien ce que je dis, répond Jeanne, elle est en pleine crise existentielle.

— Surtout que je la traitais comme une princesse ! Ce n'est pas pour me vanter, mais mon avocat m'a dit : "Vous êtes le premier client que je rencontre qui va économiser de l'argent en divorçant !"

— Moi, je ne pourrais jamais quitter Natacha, remarque Philippe. Quand ma sœur a quitté son premier mari, mon père lui a dit : "Ce n'était pas la peine de survivre à un cancer pour assister à une chose pareille !" Imaginez la culpabilité...

— J'espère que ce n'est pas à cause de ton père que tu restes avec moi, murmure Natacha.

— Bien sûr que non...

— Excuse-moi, Jean-Louis, interrompt Jeanne, mais tu ne penses pas que si elle est partie, tu as forcément ta part de responsabilité ?

— Si, bien sûr. J'ai fait des conneries. Je l'ai négligée, je ne peux pas le nier. La fameuse usure du couple, on était en plein dedans...

— Ça s'arrangera, mon vieux, lui dit Victor. Je te parie que dans trois mois, tu nous présentes une femme superbe !

— Tu parles ! Ce n'est pas évident de refaire sa vie... Je passe par toutes sortes de phases. Parfois, je jubile pendant des heures en pensant : "Je suis libre !" Puis, je vais me coucher complètement déprimé en me disant : "Je vais crever tout seul."

— Tu n'es pas sérieux !

— Si, très sérieux au contraire ! Le seul couple qui a divorcé autour de nous, c'est les Prouvost. Eh bien ! la Prouvost, elle a tout gagné : elle s'est remariée six mois après, ensuite, elle a eu un troisième enfant, et ils sont partis vivre à Melun. Lui, il est tout seul comme un con, il voit à peine ses gosses, enfin... du samedi neuf heures au dimanche dix-neuf heures, autant dire rien du tout ! Il est fichu.

— Mais pour toi, ce sera différent ! proteste Victor. D'ailleurs, je suis sûr que Jeanne et Natacha ont plein de copines célibataires à te présenter, n'est-ce pas ? Tiens : elle est toujours libre, Stéphanie ?

— Oui, répond Natacha.

— Eh bien voilà ! C'est réglé !

— Il y a aussi la sœur de Violette, dit Philippe.

— Elle a quelqu'un ! objecte Jeanne.

— Oui, mais ça ne marchera pas, dit Philippe.

— Qu'est-ce que tu en sais ? »

Philippe ignore la question et se tourne vers Jean-Louis.

« Elle est très mignonne.

— C'est vrai ! confirme Victor. Avec un côté naïf très touchant.

— C'est-à-dire ? demande Jean-Louis.

— Elle a sa carte du PS et milite au sein de SOS Racisme, ce qui ne manque pas de panache quand on considère que son père est plutôt réac. Elle est toujours en train de sucer des petites boules blanches homéopathiques... Elle bouffe bio... Bref : tout un tas de conneries, mais elle est marrante !

— Elle fait quoi, dans la vie ? » demande Jean-Louis.

Victor regarde Jeanne d'un air interrogateur ; mais Jeanne évite de le regarder.

« Illustratrice dans une boîte de Com, répond Natacha.

— Ah, très bien ! Enfin, moi, du moment qu'elle n'est pas fonctionnaire... »

Jeanne se lève d'un bond.

« Je vais prendre un bain.

— Pardon ? demande Victor, incrédule.

— Ne t'inquiète pas, tout est prêt. Je vous rejoins un peu plus tard », dit-elle à ses invités sidérés.

Elle sort du salon, Victor la suit.

« C'est une plaisanterie ?

— Pas du tout. Franchement, c'est très simple : tu n'as qu'à poser la quiche et la salade sur la table. Ensuite tu apportes la marmite de pot-au-feu, les gens se serviront. »

Elle commence à se faire couler un bain et se déshabille.

« Jeanne, qu'est-ce qui se passe ?

— C'est à cause des fonctionnaires.

— Comment ?

— J'en ai marre de vous entendre parler des fonctionnaires.

— Qu'est-ce que tu racontes ? En plus, je te rappelle que ta grande amie Violette est fonctionnaire...

— Elle est chercheuse au CNRS ! Et justement, ça prouve qu'ils ne sont pas tous demeurés ! Et puis d'ailleurs, je t'emmerde !

— Bon, ça va, j'avais oublié, on ne peut rien dire sur tes amies. Et tu ne veux plus qu'on parle des fonctionnaires, très bien. C'est une raison pour planter tout le monde ?

— J'en ai marre de vous écouter dire des conneries en général ! De vous entendre disposer de la vie des gens. De mes amies. De la sœur de Violette, qui n'a rien à faire avec Jean-Louis... En plus, je vais te dire une chose ; j'ai toujours adoré sa femme ! Tiens, je vais l'appeler demain et l'inviter à déjeuner.

— C'est parfait, invite-la à déjeuner et peut-être à prendre un bain, aussi ! Écoute, Jeanne, je ne sais pas ce qui se passe dans ta tête, mais une chose est sûre : tu dérailles ! Sois un peu logique et viens dîner avec nous.

— Si j'étais quelqu'un de logique, je ne t'aurais pas épousé. »

Jeanne rentre dans la baignoire, s'allonge et ferme les yeux. Victor la regarde, indécis, il reste debout là quelques secondes, puis il va rejoindre ses invités au salon.

Qu'est-ce que je suis bien !

Mais j'ai un peu exagéré, je suis dure avec Victor...

Il faut que je lui parle ; lui faire comprendre que c'est devenu trop douloureux de faire semblant sans cesse.

Lui expliquer que je ne supporte plus rien. Et lui en particulier.

Non, il faut que je me calme. Il ne m'a rien fait. En tout cas, pas intentionnellement.

Lui dire que j'ai besoin d'air. Il va me demander pourquoi.

Lui dire quoi ? Que je lui en veux d'être incapable d'être deux, incapable de partager mon idéal ? Ça ne changerait rien. Surtout que lui n'a qu'un désir : ne rien changer...

C'est une sorte de guerre des tranchées. On s'observe de nos planques respectives ; chacun ses armes, et une infinie précaution avant l'attaque.

Une interminable lutte silencieuse où il fait semblant de ne pas voir, et moi je prétends que c'est supportable.

On est liés par nos rôles respectifs. Lui l'égoïste, moi la chieuse.

Chacun y trouve son identité, chacun est persuadé d'être une victime.

Je le sais, ils se demandent tous la même chose. Moi aussi, d'ailleurs : Jean-Louis et sa femme sont les premiers, qui seront les suivants ?

Maintenant ils doivent penser que ce sera nous.

Forcément, ce doit être aussi ma faute. J'attends peut-être trop de lui. Il faudrait être plus libre.

Et plus gentille avec Victor.

Violette a raison : il faut considérer les bons côtés aussi, pas seulement les torts...

Oui, j'attends sûrement trop.

Sans même me demander si je sais encore donner.

Il faudrait oublier de prendre. Oublier de posséder. Faire un effort, il n'a pas mérité ça.

Qu'est-ce que je vais lui dire quand les invités seront partis ?

Essayer de lui parler de nous, de mes besoins, encore ?

Essayer autrement ?

Je ne sais pas pourquoi je me creuse la tête : il suffit de sourire, et il fera comme si de rien n'était.

Sourire, et faire semblant, comme lui.

Jeanne étend la jambe et, du bout de son orteil, elle soulève le mitigeur.

L'eau chaude s'écoule paisiblement.

« Et vous, qu'est-ce que vous faites ? demande Jean-Louis à Natacha.
— J'organise des réceptions.
— C'est sympa !
— C'est surtout stressant, objecte Philippe.
— C'est vrai, concède Natacha. Enfin... j'essaie de me détendre à la maison. D'ailleurs, je me suis inscrite à un stage de broderie.
— Ah bon ? s'étonne Jean-Louis.
— Oui, j'aimerais apprendre les points de base ; j'ai toujours aimé me servir de mes mains et, quand je ne passerai plus mes week-ends à cuisiner, j'aimerais bien faire quelque chose de créatif... »

Jeanne entre dans la salle à manger, elle a troqué son tailleur pour un jean et un pull en V, elle est pieds nus et ne porte plus la moindre trace de maquillage. Elle est fraîche, détendue, presque gaie.
« Alors, c'est bon ?
— Délicieux ! » s'écrient les invités en chœur.
Jeanne surprend de l'inquiétude dans le regard de Natacha, et elle lui sourit pour la rassurer.
« Tu veux du pot-au-feu ? demande Victor, de mauvaise grâce.

— Non merci, chéri. Je vais passer directement au fromage, je vais chercher le plateau. »

Jeanne débarrasse la table et va dans la cuisine. Elle revient, le sourire aux lèvres, et la fin de la soirée se déroule sans encombre.

Au moment de se quitter, Victor dit à Jean-Louis :

« Alors, c'est entendu : on t'appelle pour faire un dîner avec des jolies filles ! Et surtout, essaie de ne te plus te laisser miner par ta femme. »

Jean-Louis acquiesce, puis, un peu gêné, il se rapproche de Victor et lui dit en baissant d'un ton :

« Si par hasard elle revient, il ne faudra pas lui dire que je vous ai raconté tout ça !

— Bien sûr que non ! » dit Victor en lui tapant dans le dos.

Puis il ajoute :

« Si par hasard elle revient, il ne faudra pas lui dire qu'on s'est dépêché de lui chercher une remplaçante ! »

Accord tacite.

Natacha entre résolument dans la pièce ; pour la première fois, elle se dirige sans appréhension vers le fauteuil bleu. Elle est essoufflée et prend le temps de rassembler ses idées avant de commencer à parler.

« Aujourd'hui, j'aimerais parler des réactions des autres.

Parce que vous savez, pendant longtemps, c'est ce qui m'a fait le plus souffrir.

Enfin, je commence à m'y habituer. Par exemple, quand on rencontre des gens maintenant, j'attends l'inévitable moment où ils vont nous demander : "Vous êtes mariés depuis combien de temps ?... Ah bon ? Et vous n'avez toujours pas d'enfants ?" Parfois, ils sont plus directs, ils demandent carrément : "Pourquoi est-ce que vous n'avez pas d'enfants ?" Un soir, juste après l'échec d'une FIV, quelqu'un m'a posé la question devant tout le monde à un dîner. J'ai explosé. J'ai répondu : "Parce que ça pleure, ça chie et ça sent mauvais." Ça les a calmés.

Avec nos amis, ça dépend... Un jour, un copain a dit à Philippe : "Regarde nos filles : elles sont superbes ! Tu veux connaître la recette ? Quand je les ai faites, j'étais complètement bourré !" Il avait la tête sincère du type qui est en train de filer un bon tuyau.

Je ne sais pas de quoi sont faits les gens.

Parfois, il y en a qui râlent en évoquant les contraintes liées aux bébés, et puis ils rajoutent : "Ah ! Vous verrez, c'est épuisant ! Et finies les grasses mat !" Comme si on allait les plaindre ! Franchement, ça donne des envies de meurtre.

Et puis il y a les amis proches. Ils sont plus subtils, ils ne font jamais de gaffe, mais c'est parce qu'ils surveillent tout ce qu'ils disent. Ils me regardent toujours avec un regard inquiet. Parfois je sens leur compassion. Elle me touche, mais elle m'encombre.

Dans l'ensemble, ils essaient d'éviter de me parler de leurs enfants. C'est à ce moment-là que je comprends que les enfants sont devenus un sujet tabou. Il y a un silence qui s'est installé entre nous, complètement artificiel. C'est un silence très pesant ; moi, je n'ai jamais voulu ça.

Alors c'est moi qui leur pose des questions, et ils me racontent des choses, mais ils font exprès d'insister sur leurs difficultés. Comme s'ils voulaient me protéger. Ou me consoler en me parlant de leurs problèmes de parents... En fait, j'ai l'impression que devant moi, ils ressentent le besoin de s'excuser d'avoir ce que je n'ai pas.

Plus personne ne m'a parlé d'amour infini, de grand bonheur ou d'inquiétude folle, plus personne ne m'a raconté la déclaration d'amour de son tout-petit depuis... des siècles.

Pendant les premiers mois, on peut dire aux autres qu'on essaie d'avoir un enfant. Puis, à un moment, le doute s'installe chez eux aussi. On passe une sorte de délai invisible : six mois ? un an ? Et soudain tout change. On continue à prendre un ton naturel pour dire qu'on essaie, mais tout le monde comprend qu'il y a un malaise.

"J'essaie"... C'est un drôle de mot. Il est tellement pudique... et complètement dérisoire.

Toute ma vie est suspendue à cette idée : "J'essaie."

Avec les enfants des autres ? Ça dépend.

Il arrive qu'on parte en vacances avec des amis qui en ont et, s'ils sont mignons, ça va.

J'ai pris l'habitude, je mets mes boules Quiès pour dormir le matin. Et quand je les enlève, s'ils ne sont pas en train de pleurer ou de se battre, tout va bien. Surtout que c'est très agréable de se réveiller dans une maison avec des rires d'enfants.

Enfin, je ne peux pas dire que le contact soit facile.

J'essaie de me rapprocher d'eux, mais c'est laborieux, parce qu'ils m'impressionnent.

Ils doivent le sentir, mais pas le comprendre. En tout cas ils ne viennent pas vers moi.

Je crois qu'ils ne savent pas quoi penser de moi, je suis différente parce que je ne suis plus une enfant, mais pas non plus une maman. Un peu comme Élise, la fille de mon amie Violette. Il y a quelques mois, elle m'a demandé : "Est-ce que tu es une maman ?" Quand j'ai répondu non, elle m'a regardé avec curiosité, sans malice, je voyais bien qu'elle se demandait juste comment me situer.

Violette était gênée, elle a vite enchaîné pour changer de sujet. Elle évitait de me regarder. J'aurais dû lui dire : "Ce n'est pas grave, ne t'en fais pas..." Mais je me suis tue.

Ça fait beaucoup de silences, tout ça.

Il y a un autre silence qui s'est imposé : j'ai compris que je ne pouvais pas me permettre de faire des réflexions quand des enfants m'agacent.

Un jour, j'ai vu un copain se laisser faire alors que

son fils de trois ans le frappait avec son râteau. Je lui ai dit : "Je te souhaite bien du courage pour plus tard !" Il l'a aussitôt défendu en m'expliquant que c'était sa faute à lui parce qu'il ne lui consacrait pas assez de temps ; et un peu plus tard, à la première occasion, il m'a balancé une vanne.

J'ai sûrement eu tort de m'en mêler. Je m'en fous, tant pis. Mais c'est comme pour tout : c'est dangereux de dire la vérité, ça se retourne souvent contre vous. Les enfants des autres et leur éducation, ça ne me regarde pas, alors, dans l'absolu, j'ai forcément tort. Après tout, peut-être que si un jour j'ai des enfants, moi aussi je me ferai tabasser à coups de râteau !

Je crois qu'il n'y a qu'une chose qu'on a le droit de dire... Non ! Même pas, on n'a pas le droit de dire quoi que ce soit ! On peut juste penser : "Tiens : ça, j'essaierai de ne pas faire." Mais c'est tout.

Par exemple, je ne laisserai pas mes enfants regarder les infos. Le 20 heures, c'est déjà violent pour nous, alors, pour les gosses !

Et puis, je ne leur donnerai pas du ketchup tout le temps. Ça dénature le goût des aliments, et après, plus rien n'a de saveur ! Sans compter que ce sont de mauvaises habitudes dont on ne se défait plus. Prenez Philippe, il en met partout, même quand je lui mitonne de bons petits plats. C'est vraiment énervant. En même temps, ce n'est pas sa faute, on l'a accoutumé quand il était petit...

Là où je me sens le mieux, finalement, ce n'est pas forcément avec mes amis, c'est à mon boulot. Aux soirées que j'organise. Parce que là-bas, je suis anonyme. Je travaille, bien sûr, mais je suis invisible. Les gens ne font pas attention à moi, il n'y a pas de pression sociale, pas de questions, et il y a toujours un moment où je peux me poser et observer.

L'autre soir, à un cocktail, il y avait une fille qui recevait des textos envoyés par un type qui était dans la salle. Mais elle ne savait pas qui. Elle était très intriguée. Elle a vu que j'étais une des organisatrices, alors on a échangé quelques mots, elle voulait savoir si je connaissais certains invités pour l'aider à trouver... J'étais dans son intimité, en même temps ça n'engageait à rien, on était sûres de ne jamais se revoir, on était libres.

Et puis, il y avait une petite Mamie qui mangeait en tenant son sac tout serré contre elle. Au dessert, on a servi de la salade de fruits dans des pastèques. Elle a apporté une chaise devant le buffet pour s'asseoir devant et manger les fruits directement dans la pastèque, tout en restant accrochée à son sac. Elle était toute petite, très concentrée sur ce qu'elle faisait, les gens faisaient attention de ne pas la bousculer. C'était très touchant.

Une autre fois, j'ai vu un groupe d'amis qui avaient l'air de s'éclater. Un peu plus tard, je les ai vus au vestiaire et ils se disputaient très violemment. Ils étaient tellement occupés à se crier dessus qu'ils n'ont pas fait attention à moi. Puis, ils sont retournés à la fête et ils ont recommencé à s'amuser comme si de rien n'était.
Durant ces moments-là, je ne pense qu'aux autres, c'est moi qui les observe, et plus l'inverse.
Je m'oublie complètement.
Et c'est parfait. »

Jeanne arrive à la porte du bureau de Natacha. Elle porte un grand plateau lourdement chargé, songe à le poser, puis se ravise et se contorsionne de façon à sonner avec son menton.

C'est Lola qui lui ouvre.

« Bonjour, je suis venue déposer les gâteaux.

— Merci beaucoup, Natacha est partie chercher Maud. Entre, je t'en prie. »

Elle s'empare du plateau, le pose sur une grande table et se tourne vers Jeanne.

« Je t'offre un café ?

— Volontiers. »

Jeanne s'assied, et observe Lola préparer les deux cafés. Elle chantonne, ses yeux sont cernés, ce qui ne l'empêche pas de paraître en pleine forme. Chacun de ses gestes est empreint d'une grande légèreté.

Lola s'empare des deux tasses et vient s'asseoir en face d'elle.

« Ça fait longtemps qu'on ne s'est pas vues, lui dit Jeanne, mais je voulais te dire : je suis désolée pour ton divorce.

— C'est gentil. Mais ça va quand même.

— Oui, je vois, ça a même l'air d'aller très bien ! J'ai presque envie de te demander comment tu fais...

— Oh ! tu sais, on est resté en bons termes, c'est le principal.

— Enfin... Ça a dû être une décision difficile à prendre... » Lola éclate de rire.

« Un peu, oui ! Mais je n'avais pas trop le choix : ça faisait quand même plusieurs années qu'il me trompait !

— Tu es partie dès que tu l'as su ?

— Non, quand je l'ai appris, il a mis un terme à sa liaison. J'ai pardonné, on a recommencé à zéro, et j'y ai cru ! J'étais vraiment heureuse.

— Vraiment ?

— Au début, en tout cas. Ça n'a pas duré. Parce que je n'avais plus confiance, quelque chose s'était cassé. On met des années à construire son couple, mais, après une déception pareille, il suffit d'un doute, sans la moindre preuve, pour tout détruire. J'ai vite compris que ça ne pourrait plus marcher. C'est à ce moment-là que j'ai décidé de divorcer. C'était difficile. Mais il n'y avait rien d'autre à faire.

— Je ne sais pas comment tu fais pour tenir le coup. »

Lola hausse les épaules.

« C'est simple : je l'ai vraiment aimé. Assez pour que tout ça vaille la peine. Assez pour ne rien regretter... Et toi, tu n'es pas divorcée ?

— Non, mais je suis sur la bonne voie.

— Pardon ?

— Non, je plaisante. Pourquoi tu me demandes ça ?

— Comme ça, pour rien.

— Si, il doit y avoir une raison, répond Jeanne vivement. Ça doit venir de moi, de mon attitude. De toute façon, c'est comme si j'étais seule. Victor et moi, on est des étrangers. Ce n'est pas étonnant que j'aie déjà l'air divorcée. »

Lola se tait devant ce flot de paroles qu'elle n'attendait pas. Jeanne elle-même semble se demander ce qui lui a pris de se livrer à de telles confidences.

Cramponnée à son volant, Natacha n'en finit pas de ralentir puis d'accélérer. Assise près d'elle, Maud rentre le bas de son visage dans son écharpe, et récite tout bas son mantra pour se calmer. La conduite saccadée de Natacha la terrifie, elle roule toujours en deuxième, passe rarement la troisième ; aussi la voiture fait-elle des bonds, provoquant d'incessantes secousses.

Tout en conduisant, Natacha se penche sur le côté pour prendre son sac.

« Qu'est-ce que tu fais ? s'inquiète Maud.

— Je cherche mon téléphone pour appeler le bureau, Jeanne a dû arriver...

— C'est bon, regarde la route ; moi, je m'occupe du téléphone, répond Maud avec empressement...

— En tout cas, merci du conseil : je n'avais pas pensé à aller voir au Marché Saint-Pierre... Et pour les invités, tu prendrais quelle typo ?

— On s'en fout, tant que c'est du papier recyclé. »

Une place de stationnement se libère juste devant elles, Natacha se gare à un mètre du trottoir, elle entreprend une manœuvre pour s'en rapprocher, mais elle cale et décide d'en rester là.

« Rabats ton rétro, c'est plus prudent ! » lui conseille Maud en sortant de la voiture.

Puis elle secoue la tête et ajoute :

« Il faut que tu prennes de l'aubépine ! C'est fou ce que tu es speed !

— Sérieusement, je suis claquée. Entre toutes les courses et les préparatifs, je ne m'en sors pas. Et je n'ai même pas commencé mon shopping de Noël ! Enfin si : j'ai emmené Galilée, la fille d'Hémorroïde, choisir son cadeau.

— Comment ça s'est passé ?

— Très bien : on est allées dans une boutique de fringues, elle a fait un tour, et elle a dit : "Y'a personne ! D'ailleurs, c'est normal : tout est moche !"

— Quelle sale gosse !

— Donc, je lui ai demandé ce qu'elle voulait, elle ne savait pas, et j'ai fini par lui faire un chèque.

— Et pour Hémorroïde, tu as une idée ?

— Aucune. Tu sais ce qu'elle m'a offert pour mon anniversaire ?

— Non...

— Un bustier à paillettes, lacé dans le dos !

— Elle te prend pour qui ? Paris Hilton ?...

— On se demande ! Tu me diras, je devrais m'estimer heureuse : ce cadeau-là, elle l'a acheté ! Pas comme l'année dernière où elle m'avait offert un pull qui sentait son parfum !

— Demande conseil à Philippe...

— Il ne saura pas. Et il va me dire que c'est ma faute parce que je lui interdis d'aller faire des courses avec elle.

— Tu lui interdis ? Pourquoi ?

— Parce qu'il a tendance à redécorer la maison en fonction de ses goûts à elle ! Sans penser une seconde à me consulter, évidemment.

— J'espère que tu n'as pas changé d'avis pour le stage de feng-shui, je crois que ça te ferait beaucoup de bien. Violette et Jeanne se sont inscrites, il ne manque plus que toi.

— Si je n'ai pas de réception ce week-end-là, je viendrai, c'est promis. Même si je ne suis pas sûre d'avoir compris de quoi il s'agit... »

Natacha et Maud arrivent au bureau, essoufflées.

« Ma Jeanne, je suis désolée ! s'exclame Natacha. Je n'ai pas pu arriver plus tôt...

— Ne t'en fais pas, je bavardais avec Lola. »

Natacha s'approche d'elle et passe la main sur sa nuque dégagée.

« Tu t'es coupé les cheveux ! Quand est-ce que tu as décidé ça ?

— Jamais, c'est mon coiffeur. Enfin, tu sais ce que c'est : quand on ne décide pas, les autres le font pour vous. »

Elle se lève et désigne le plateau.

« Les tartes et les cakes sont prêts, j'espère que ça ira. Je suis désolée, je ne vais pas pouvoir rester tartiner, il faut que je rentre, je n'ai pas commencé les valises.

— Vous partez où, finalement ?

— En Provence. Victor ne peut pas prendre plus de quatre jours, alors, on ne peut pas aller très loin.

— Tu me raconteras... On se voit le 31 à la campagne, j'ai un bon pressentiment, ce sera encore mieux que les autres fois ! »

Jeanne disparaît rapidement dans la cage d'escalier.

Elle me tue, cette Lola.

Elle a l'air sincère quand elle dit qu'elle va bien, qu'elle ne regrette rien... Je n'aurais jamais dû parler de mon couple dans des termes pareils, je la connais à peine !

C'est insensé. La seule femme totalement épanouie dans mon entourage est celle qui vient de divorcer.

Remarque, c'est quand même nettement plus simple de divorcer quand on n'a pas d'enfants.

Elle a dû rencontrer quelqu'un.

Pourtant, Natacha dit que non.

Est-ce qu'on peut être totalement heureuse sans homme ?

Moi, je ne saurais pas, je ne suis pas comme elle...

C'est fou de pardonner, de se séparer sans rancune.

Est-ce que je pourrais faire la même chose avec Victor ?

Elle dit qu'elle était heureuse quand il a quitté sa maîtresse...

Moi, je sais bien qu'aucune réconciliation ne suffirait à me combler.

Pourtant, je souffrirais s'il me trompait.

Par amour ou par orgueil ?

Est-ce que je l'aime assez pour tolérer qu'il me fasse du mal ?

Sûrement pas. Notre relation a toujours été médiocre, juste à la hauteur de ce que je mérite, sans doute.

Pourtant, hier encore, il m'a dit qu'il m'aimait, et je le crois. Il m'aime à sa manière. Il m'aime mal, mais sincèrement.

Alors ? Rester avec lui par courtoisie, pour le remercier d'avoir la bonté de m'aimer ? Parce qu'il m'a donné un bon petit confort ?

Je ne peux pas tomber si bas.

Il doit y avoir de meilleures façons d'occuper sa vie.

« Maman, c'est moi.

— Oui, Jeanne.

— Ma baby-sitter est malade, tu pourrais garder les enfants ce soir ?

— Tu sors ?

— Oui.

— Où vas-tu ?

— À une soirée.

— Chez qui ?

— Tu ne connais pas.

— Jeanne, je suis très inquiète. Depuis que tu m'as dit que ça n'allait pas très fort avec Victor, je ne dors plus la nuit. Je n'imagine pas un instant que tu puisses quitter Victor, c'est un si bon mari !

— Je ne veux pas le quitter, je me pose des questions, c'est tout.

— Tu te poses des questions et déjà tu sors avec n'importe qui !

— Je ne sors pas avec n'importe qui. C'est d'accord, pour les enfants ?

— Moi, je ne suis jamais sortie avec quelqu'un d'autre que ton père.

— Il y a beaucoup de choses que tu n'as jamais faites et que je fais.

— Qu'est-ce que ça veut dire ?

— Rien. Je veux juste savoir si je peux t'amener les enfants.

— Tu vas passer la nuit avec lui ? Que va dire ton mari s'il l'apprend ?

— Mais de quoi tu parles ? Je ne vais rien faire du tout ! En attendant, Victor est en congrès à Rome et tu ne te demandes pas s'il dort seul...

— Alors c'est ça, le problème ? Tu as peur qu'il ne te trompe et tu te venges en allant coucher avec un minable.

— Ce n'est pas un minable.

— Un homme qui sort avec une femme mariée est forcément un minable.

— Arrête ! Et dis-moi juste si je peux t'amener les enfants.

— Ces pauvres enfants... Tu as toujours été instable, tu as de la chance d'avoir trouvé un mari pareil.

— Maman, ça suffit ! Je ne t'ai pas appelée pour savoir tout le bien que tu penses de Victor, je le sais déjà !

— Bon, ça va, calme-toi ! Sanguine comme tu es, tu vas t'énerver avec le minable aussi, et ce sera fichu d'avance.

— Maintenant, tu t'inquiètes pour le minable ?

— Ah ! Tu vois bien que c'est un minable !

— Au revoir, maman.

— Attends ! À quelle heure tu me les amènes ?

— Je ne les amène pas, je ne sors pas. Tu es contente ?

— Si tu restes tout le temps chez toi, tu ne rencontreras jamais personne, et quand Victor t'aura quittée, tu te retrouveras toute seule ! »

Jeanne fait les cent pas en bas de l'immeuble de Jeff, devant un magasin de tapis qui affiche, bien entendu, un « rabais monstre avant fermeture définitive ». Elle serre très fort une bouteille de champagne dans ses mains, son cœur bat anormalement vite et elle décide de ne pas monter avant d'avoir repris le contrôle. Ou tout au moins, avant d'avoir essayé.

Une vieille Peugeot verte déboule dans la rue. À l'intérieur se trouvent cinq filles surexcitées qui dansent tellement qu'elles font tanguer la voiture. Des échos de musique psychédélique s'échappent, appuyés par les mouvements de tête et de corps des jeunes filles.

De grandes bandes de papier toilette s'envolent par les fenêtres.

Les passants regardent ce spectacle, mi-choqués, mi-amusés. La voiture se gare et les filles en sortent, hilares.

Puis elles se dirigent vers l'immeuble de Jeff, et y entrent.

Jeanne est pétrifiée.

Elle décide de partir, puis se raisonne.

Peut-être qu'elles vont ailleurs ?

Si elle ne monte pas, elle ne saura jamais.

Combien lui coûtera ce renoncement ?

Que dira Natacha si elle abandonne ?

Il fait très froid, impossible de rester dehors plus longtemps.

Il faut se décider.

Rabais monstre avant fermeture définitive.

Un couple passe, main dans la main, et s'éloigne à pas lents, sans un mot.

Un sourire illumine le visage de Jeff lorsqu'il aperçoit Jeanne. Il l'accueille très chaleureusement, ce qui la rassure et lui permet d'ignorer la présence assourdissante des cinq filles de la voiture verte.

À peine ont-ils échangé quelques mots qu'une jeune femme apostrophe Jeanne.

« Jeanne ! C'est bien toi ?
— Oui.
— Tu me reconnais ?
— ... Vaguement.
— Je suis la petite sœur de Fabrice, Sybille. »
Elle se tourne vers Jeff.

« Jeanne est sortie avec mon frère, il y a vingt-cinq ans. »

La claque... Oui, un vague souvenir de la peste qui parlait déjà trop.

Jeff sourit, l'air étonné ; Jeanne se tourne vers Sybille en lui rendant son sourire.

« Non, c'était avec ton père, il y a trente-cinq ans. »
Jeff éclate de rire. Ouf.

Sybille se réjouit de cette rencontre, surtout que Fabrice doit passer un peu plus tard. Aussitôt, elle entreprend de raconter à Jeanne tout ce qui leur est arrivé durant les deux dernières décennies.

Pendant tout ce temps, Jeff regarde Jeanne posément, sans chercher à dissimuler son intérêt, ce qui la trouble car elle a toujours été attirée par les hommes qui s'imposent. Ceux qui osent. Elle trouve ça viril. Très attirant.

Le regard de l'autre. Soutenir son regard. Ou son sourire, c'est plus facile. Les yeux de Jeff sur sa robe rouge l'embarrassent, puis la flattent. Tour à tour, elle change de pose, d'attitude corporelle, passant de la gaucherie à la provocation.

Mais elle n'a plus l'habitude de ces petits jeux et elle sent qu'en fait, elle ne maîtrise rien. Elle est presque soulagée quand il s'éloigne pour aller ouvrir la porte.

À partir de ce moment-là, les invités les séparent, surtout une jolie rousse, une Américaine prénommée Megan, qui ne le lâche pas d'une semelle. Jeanne guette les signes trahissant leur degré d'intimité, mais elle ne trouve rien de tangible.

Bientôt, Megan prend Jeff par la main et l'entraîne pour danser. Il se laisse faire et continue à chercher le regard de Jeanne. Elle est flattée, tout en sentant que l'autre fille tient vraiment à lui. Par expérience et par solidarité féminine, elle se sent coupable, la plaint un peu. Mais elle la plaint avec le confort de celle qui se sait choisie.

Fabrice est arrivé et Sybille est ravie de les réunir. Jeanne trouve qu'il a pris un sacré coup de vieux et se demande s'il pense la même chose à son sujet.

En tout cas, le fait que Jeanne soit mariée et mère de famille ne semble pas l'émouvoir outre mesure, et il se livre à une cour effrénée.

Jeanne le laisse faire, trop heureuse de pouvoir donner le change à Jeff, et, quand Fabrice lui propose de danser, elle le suit volontiers. D'autant plus que c'est une bonne occasion de se rapprocher de Jeff sans en avoir l'air.

Pour une fois, elle connaît la chanson qui passe : *Last night a DJ saved my life,* qui lui rappelle de lointaines soirées. La sonnerie d'un téléphone retentit, cela fait partie de la chanson, mais Jeanne, qui ne s'en souvient pas, s'écrie : « Téléphone ! », sous le regard amusé des autres danseurs. Elle continue à danser tout en s'étonnant que personne ne réponde. Une autre sonnerie, elle crie : « C'est peut-être important ! » en direction de Jeff qui ne semble pas l'entendre.

Sybille la dévisage en riant.

« Mais arrête ! Tu déconnes ou quoi ? C'est dans la chanson ! Pourtant tu devrais connaître, c'est un tube des années 80 ! »

Fin de la chanson, la sonnerie retentit à nouveau et un type crie à Jeanne :

« C'est pour toi ! »

Hilarité générale.

Quelqu'un baisse les lumières et Jeanne se demande si c'est l'anniversaire de Jeff ; elle guette en vain l'arrivée d'un gâteau avant de réaliser que le jeu de lumières ne sert qu'à favoriser les rapprochements.

Les regards de Jeff sont de plus en plus appuyés, les mains de Fabrice un peu plus pressantes, et Jeanne commence à paniquer. Surtout, tâcher de ne pas le montrer. Continuer à danser.

Autour d'eux, plusieurs personnes sont ivres. L'une des filles de la voiture verte est enfoncée dans un canapé ; elle a enlevé ses chaussures et suce goulûment son pouce.

« Je lui donne vingt minutes, annonce Sybille.

— Pour ?

— Aller vomir. Vingt minutes, trente maxi. »

Jeff s'approche de Jeanne et lui glisse :
« Je ne sais pas ce que vous essayez de faire, mais en tout cas, ça marche. »

En un éclair, Megan se faufile entre eux et la laisse aux mains de Fabrice, auxquelles il devient de plus en plus urgent d'échapper.

Jeanne s'éloigne et va se servir un verre, puis elle s'assied sur le canapé, à distance raisonnable de la fille qui suce son pouce.

Fabrice la rejoint. Le volume de la musique est un bon prétexte pour lui parler dans le creux de l'oreille, et passer son bras autour de ses épaules.

C'en est trop, elle écarte le bras de Fabrice et se réfugie dans l'entrée.

La tête lui tourne, elle s'adosse contre un mur et, soudain, se demande ce qu'elle est venue faire ici.

Ses yeux rencontrent ceux de Jeff, venu tranquillement prendre place en face d'elle.

Il semble parfaitement insensible à l'agitation ambiante, et se contente de la fixer avec la même intensité que depuis le début de la soirée.

« Il vous plaît ? lui demande Jeff.
— Qui ça ? »

Jeff désigne Fabrice, toujours assis sur le canapé. Il a digéré sa déception momentanée et tente désormais de lier connaissance avec la fille de la voiture verte.

« Vous savez bien que non, répond Jeanne.
— Tant mieux. J'avais bien envie de lui éclater quelques dents... De toute façon, il en a trop ! »

Jeanne éclate de rire et respire un grand coup. Puis elle détourne le regard.

« ... Je crois que je vais rentrer.
— Restez.
— ... Je ne peux pas. »

Survient Megan qui annonce qu'elle va s'en aller. Elle reste plantée devant Jeff et attend qu'il la retienne. Mais il se contente de lui sourire poliment et reste désespérément muet. Megan part faire la tournée des adieux. De toute évidence, elle cherche à gagner du temps et espère qu'il changera d'avis.

Il est tard et les invités commencent à partir. Jeff les salue sous le regard de Jeanne qui essaie de se convaincre de faire comme eux.

Megan revient dix minutes après et se lance :

« Je vais y aller. Sauf si tu veux que je t'aide à ranger...

— Non, ça ira, on m'a déjà proposé de l'aide. »

Megan encaisse tandis qu'il l'embrasse gentiment sur les deux joues. Sans le moindre trouble, il referme soigneusement la porte derrière elle.

Jeanne est à nouveau partagée entre la fierté et la culpabilité, elle perçoit la souffrance de l'autre pour l'avoir déjà vécue, et ne peut pas s'empêcher de dire à Jeff :

« Vous auriez dû lui dire de rester. »

Il répond, impassible :

« Si j'avais voulu qu'elle reste, je le lui aurais dit. »

Encore cette assurance désinvolte qui la séduit. Pourtant, elle se dit qu'il ne se passera rien entre eux. Pas parce qu'elle ne peut pas, mais parce qu'elle se découvre incapable d'aller au bout de son envie.

Trop de scrupules, de gêne, de risques et d'inconnu.

Jeff la laisse partir, et accompagne son départ d'un « À bientôt », qu'il sait suffisant pour entretenir son trouble.

Assise dans sa voiture, Jeanne compose le numéro de Natacha et lui laisse un message.

« Soirée très bousculée. Trop de gens, trop de jeunes, surtout ! Musique très forte, je ne connais plus rien à rien. On est dépassées, ma vieille. Ou juste moi ?

Jeff a un appartement de jeune : dans le genre plus de DVD que de vaisselle.

J'ai dû boire huit verres de vin. Sans eau pour diluer l'alcool. Et j'ai horreur de l'admettre – tu sais à quel point – mais ma mère a raison : je parle trop quand je bois, et j'ai sûrement dit des conneries.

J'avais une rivale, gentille, je suis presque désolée pour elle. Parce que c'est moi qu'il préfère...

Et devine : il y avait Fabrice, celui avec qui je sortais en terminale, et sa petite sœur Sybille, celle qu'on appelait "tronche de poisson mort"... Il est toujours aussi con. Elle aussi.

Tout le monde s'est mis à la mode du porno chic. Les filles portaient toutes des petits hauts en dentelle noire, ou des robes genre lingerie. J'étais bien contente de ma robe rouge.

Jeff. Il me plaît, je lui plais, mais je n'ai pas osé. Ça t'étonne ?

En fait, c'est toujours le même fantasme absurde. Parce qu'il faut que je te dise : ça m'était déjà arrivé avant.

Et comme un bon fantasme qui se respecte, on en rêve en rougissant, on échafaude des tas de possibilités, on provoque même un peu, mais si ça devient possible, ça ne ressemble plus du tout à un fantasme...

C'est juste terrifiant.

Alors, marche arrière. Je me sens sale et vide.

En résumé : un énorme risque de tout foutre en l'air pour un moment d'égarement, qui pourrait être très décevant, en plus...

Mea culpissime.

Demain, je me détesterai. Trop d'alcool, trop de clopes, trop tard au dodo, trop de provoque et pas assez du truc qu'il est préférable qu'il ne se soit pas passé.

Mais si je me déteste, ce sera surtout parce que je n'ai fait qu'un bout du chemin.

Parce que j'étais là pour lui.

Parce que c'était possible.

Parce que je suis nulle.

En venant ici, j'étais pétrifiée de peur, mais au moins je me sentais vivante.

Et je repars, anesthésiée, les deux pieds englués dans la vase de ma petite vie. »

Jeanne veut commencer une nouvelle phrase, mais les mots se mélangent dans sa tête. Elle prononce quelques syllabes incompréhensibles, puis soupire et se tait.

Jeanne tente de mettre de l'ordre dans ses idées, puis elle se résigne et raccroche. Elle jette son téléphone sur le siège voisin et appuie son front contre le volant.

Elle reste là plusieurs minutes, goûtant au silence, puis se redresse brusquement quand son portable sonne, affichant le prénom de Natacha.

« Je viens d'avoir ton message, on en parlera demain. Pour l'instant, juste une chose : t'as vraiment trop bu, il n'est pas question que tu conduises dans cet état. Remonte chez Jeff et demande-lui de te faire un café.

— T'es folle !

— C'est toi qui es folle ! Tu bois un litre de café et tu repars quand tu auras dessoûlé.

— Je n'oserai jamais remonter.

— Alors, appelle un taxi.

— Mais je dois récupérer les enfants tôt chez ma mère, il faudra que je revienne prendre ma voiture d'abord, c'est galère...

— Je m'en fous ! Tu ne bois jamais et tu m'annonces que tu as bu huit verres de vin ! Tu retournes chez Don Juan, je t'assure qu'il comprendra. Sinon je viens te chercher...

— Il n'en est pas question ! Et puis, qu'est-ce que tu vas dire à Philippe ? Bon, c'est d'accord. Je vais remonter.

— C'est bien. Je t'appelle demain. »

Jeanne repose son téléphone et regarde par la fenêtre. Un groupe de personnes qui étaient chez Jeff sortent de l'immeuble et s'éloignent en riant.

Elle pousse un grand soupir, et sort de sa voiture.

Jeff ne semble même pas étonné lorsqu'il ouvre la porte. Il se contente de lui sourire.

« Je suis désolée, mais j'ai vraiment trop bu, je vais avoir du mal à rentrer chez moi, ça vous ennuierait de me faire un café ? »

Tandis qu'il disparaît dans la cuisine, Jeanne enlève son manteau et entre dans le salon. L'appartement s'est vidé, toutefois des bruits étranges lui parviennent de la salle de bains. Elle s'approche et découvre la fille de la voiture verte en train de vomir, conformément aux prédictions de Sybille. Elle tourne les talons et se retrouve nez à nez avec Jeff.

Le café s'écoule doucement, au rythme où il défait chacun des douze petits boutons de soie rouge.

Le mobilier du salon de Violette a été un peu bousculé pour céder la place à un sapin de Noël, uniquement décoré de petits nounours et de lumières blanches.

Violette observe Quentin tandis qu'il finit de confectionner une petite couronne en papier.

« Tu regardes mon bleu sur l'ongle ? demande-t-il, inquiet. Ce n'est pas de la saleté, je me suis coincé le doigt dans une porte.

— Non, c'est toi que je regarde. Excuse-moi, mais tu n'as pas l'air dans ton assiette.

— Ça se voit tant que ça ? »

Il remet la couronne à Élise qui l'embrasse et part en courant pour l'essayer dans sa chambre.

Quentin soupire.

« C'est fini avec mon copain.

— Oh ! Je suis désolée...

— Depuis deux jours, dès que j'arrive chez moi, je pleure. Il devait venir avec moi à Miami... C'était trop beau, j'y croyais vraiment... Tellement que j'en avais parlé à ma Mamie. Je lui ai dit que j'avais rencontré quelqu'un, elle m'a demandé : « Il est gentil ? »

Un autre soupir.

« Tu rencontreras quelqu'un d'autre, quelqu'un de mieux...

— Si tu savais comme il me tenait dans ses bras... »
La porte d'entrée claque.

« Bonsoir, tout le monde ! crie Gilles.

— Bon, on va changer de sujet, dit Quentin à mi-voix, ça énerve les hommes quand je parle comme ça...

— Qu'est-ce que tu fais ce soir ?

— Rien, je suis trop déprimé.

— Reste dîner avec nous, ça me ferait plaisir ! On est juste tous les trois, avec Maud, ma sœur, et son petit copain Laurent.

— Non, tu es gentille, je vais rentrer et me faire des pâtes Alphabet.

— Il n'est pas question que tu passes la soirée de Noël tout seul à manger des pâtes Alphabet !

— Non, je t'assure, je suis crevé. Et puis je vais regarder *Yentl,* ça fait longtemps...

— Et demain, tu fais quoi ?

— Rien, mais ne t'inquiète pas pour moi, j'ai deux semaines de *Feux de l'amour* à rattraper.

— Comment ça ?

— Je les enregistre pendant la semaine, et je les regarde en continu le dimanche. Là, avec les fêtes, j'ai été débordé et j'ai pris du retard. »

Élise revient en courant et se jette sur Quentin.

« Tu avais dit que tu me ferais un chignon, ça sera plus joli avec la couronne !

— Non, chérie, intervient Violette, Quentin en a assez fait com...

— Mais si, c'est moi qui le lui ai proposé, coupe Quentin. Mais attention ! dit-il à Élise. Il faudra rester bien tranquille ! »

Élise lui tend son petit pouce tendu en signe d'accord.

Une heure plus tard, Élise fait face à Maud et Laurent en brandissant sa baguette magique. Coiffée d'un chignon et de la couronne, elle se tient cérémonieusement, vêtue d'un déguisement.

« Je suis la fée rose. Qu'est-ce que vous voulez devenir ?

— Euh... Une sirène, répond Maud mollement.

— Chkling ! Voilà, tu es une sirène ! »

Elle regarde Laurent.

« Et toi ?

— Ce que tu veux. »

Élise avance vers sa mère.

« Toi, je te transforme en princesse, chkling ! »

Puis elle se tourne vers son père :

« Et toi, en caca de chien ! »

Elle se tourne vers Laurent en pointant sa baguette.

« Alors ?

— Je veux bien être un chevalier », répond-il, soudain très empressé.

Au grand soulagement de Violette, Gilles n'a pas entendu quelle attribution lui est revenue, il est trop absorbé par l'ouverture d'une bouteille de champagne.

Elle se tourne vers sa sœur.

« C'est gentil d'avoir aidé Natacha, il paraît que tes quiches ont eu un succès fou !

— Il faut qu'elle prenne de l'aubépine ! répond Maud en secouant la tête.

— L'année dernière, Élise était trop petite pour dîner avec nous, dit Violette à Laurent. Ce soir, c'est son premier dîner de Noël...

— Oui, coupe Gilles. Résultat : Maud nous avait parlé du réchauffement de la planète pendant tout le repas. »

Il tend une coupe de champagne à Laurent.

« Enfin ! Tu as l'habitude, je suppose... »

Un concerto de piano se fait entendre.

« Oh ! dit Violette, c'est le voisin du dessus ! Il doit être tout seul... Je devrais peut-être lui proposer de se joindre à nous ? »

Gilles lui tend un verre de champagne et l'embrasse sur le front.

« Ma chérie, tu es adorable, on n'est quand même pas l'Armée du Salut ! »

À table, Gilles propose à deux reprises du foie gras à sa fille qui refuse. La troisième fois, elle lui dit :

« J'ai dit non, papa, c'est pas très compliqué à comprendre. »

Gilles soupire et choisit d'ignorer l'insolence de sa fille.

« Il faut être gentil avec ses enfants, explique-t-il à Maud et Laurent. Après tout, ce sont eux qui choisiront votre maison de retraite. »

Élise se frotte les yeux et ses parents décident d'interrompre le repas pour procéder à la cérémonie des cadeaux, afin qu'elle puisse aller se coucher ensuite.

« T'aurais mieux fait de lui acheter des fleurs ! » constate Élise en regardant le vase que Laurent a offert à sa mère.

Elle trépigne sur place en attendant que son père ait fini d'assembler une poussette miniature. Enfin, elle peut y poser sa poupée préférée.

« Eh bien ! Elle est belle, la poussette de Miyayo ! s'exclame Gilles.

— C'est pas Miyayo, c'est Miyayi ! Papa, tu te trompes tout le temps !

— Ce n'est pas ma faute, c'est la même poupée... » Elle lui lance un regard furieux.

« C'est parce qu'ils sont jumeaux. Mais ils sont pas nés la même année », précise-t-elle.

Distribution de baisers, c'est l'heure d'aller au lit. Violette accompagne Élise et la borde délicatement, en prenant soin de poser Miyayi près d'elle. Élise la contemple avec fierté.

« Elle est très jolie, sa poussette, je vais la montrer à son papa.

— Le papa de Miyayi ? s'étonne Violette. Il s'appelle comment ?

— Je ne sais pas.

— Tu devrais le savoir, parce que en théorie c'est ton mari... » Silence. Visiblement, Élise est troublée. Elle réfléchit, puis, sans assurance :

« Il s'appelle Lampe.

— Lampe ? Tu aurais pu trouver un mari avec un plus joli nom !

— C'est pas sa faute ; c'est ses parents qui l'ont appelé comme ça ! »

Violette sourit ; Élise passe ses bras autour de son cou et lui demande :

« Mais toi, t'as pas de maman ? »

Une ombre de panique passe sur le visage de Violette. Elle murmure :

« Si, tout le monde a une maman. Mais la mienne est partie très loin. »

Elle serre sa fille très fort contre elle, puis s'en détache et quitte rapidement sa chambre.

Élise, ma chérie,

Pardonne-moi. Je n'ai pas su te répondre. J'aurais dû te dire des choses rationnelles et apaisantes, mais je n'y arrive pas. Je savais qu'un jour, tu me poserais ce genre de questions, je pensais m'y être préparée, mais, quand tu l'as fait, mon cœur a battu si fort que ma gorge tremblait.
Pardonne-moi de te condamner à mes silences.
Quand Maud est née, on m'a envoyée passer des vacances chez mes grands-parents, ma mère m'a terriblement manqué, j'attendais ses coups de fil avec impatience et, dès que je le pouvais, je m'isolais pour lui parler. J'entendais son « Allô » et ça allait tout de suite mieux. Je lui demandais : « Tu m'aimes ? », et il y avait un petit temps avant qu'elle ne réponde. Juste une petite seconde, le temps qu'elle cherche les mots justes. Et puis elle répondait. Jamais de la même manière, mais toujours résolument, comme si sa vie en dépendait. « Plus que tout au monde ! », « À la folie ! »...
Je raccrochais et tout allait bien.
Je me souviens de ces coups de fil et de ce petit temps d'attente si précieux, porteur de ma délivrance.

On devrait toujours prendre le temps d'hésiter avant de répondre aux questions essentielles.

Je pense à elle et je pense à toi. À la façon dont elle aurait pris ton visage entre ses mains. J'imagine vos sourires, je te vois te blottir contre elle. Vos visages se confondent. L'amour que vous vous seriez porté me manque.

Un jour, je suis allée me promener avec ma grand-mère. Nos pas nous ont menées jusqu'à un cimetière. Elle a descendu les marches d'un caveau et s'est arrêtée devant une grille. Elle a levé la tête, m'a regardée tranquillement en disant : « La mort est une chose merveilleuse. » Je ne lui ai pas demandé ce qu'elle voulait dire. Je ne sais pas pourquoi. Sur le moment, je me suis contentée de m'imprégner de sa conviction. J'aimerais t'offrir la même certitude.

T'aider à croire que le monde de l'après est un endroit doux.

En échange, le jour où je partirai, promets-moi de ne pas écouter le sermon insupportable de ceux qui te diront que la mort est une délivrance pour ceux qui ont vécu dans la crainte de Dieu, et qui emploieront des mots monstrueux comme châtiment expiatoire.

*Nous n'en sommes pas là.
Joyeux Noël.*

Mal au cœur.

Qu'est-ce qui m'a pris de finir la bûche de Victor ?!

Horriblement mal au cœur.

C'est le foie gras. Ou le canard.

J'aurais pas dû prendre de fromage.

Non, c'est la bûche. Je déteste la crème au beurre et je mange cette saloperie. Je dois être maso. Ou conne. Ou les deux. Bûche glacée l'année prochaine.

Parce que je serai toujours là, on dirait.

Il faut que j'essaie de dormir, je suis sûre que ça ira mieux quand je me réveillerai.

Tiens, il est sorti des toilettes. Je vais faire semblant de dormir, ça évitera de commenter le dîner. Il allume la télé... Bon, voyons, il va peut-être mettre quelque chose qui me distraira...

LCI... Elle a mis un pull à paillettes. C'est la fête.

Fin des infos, il change...

Je crois que si je me suicide un jour, ce sera après avoir zappé toute une soirée sur les programmes d'une soirée de fête. *Sissi*, un best of de *Y'a pas photo,* et une redif de *L'École des fans.* Qui a envie de continuer à vivre après ça ?

Oh non, pas ça ! Une comédie des années 70 avec Pierre Richard ! Je crois qu'à huit ans, je trouvais déjà ça déprimant... Je ne peux pas croire qu'il reste dessus... Et il se marre, en plus. C'est un cauchemar.

Tiens, il change. Un documentaire animalier, pas étonnant, il adore, ça le fait dormir...

Jeanne se redresse brusquement.

« Oh non, il a une aile cassée, les crabes vont le bouffer !

— Tu ne dors pas...

— C'est atroce, je ne peux pas regarder ça !

— C'est la Loi de la Nature.

— C'est trop cruel...

— On en a déjà parlé : ça fait partie du processus de la chaîne alimentaire.

— Tu dis toujours ça, mais ça ne change rien ! C'est la nature, alors c'est moins cruel ? Voilà pourquoi je ne regarde jamais de documentaires animaliers, tous les films montrent des bêtes en train de se dévorer.

— Mais c'est passionnant !

— Je ne sais pas comment tu peux regarder ça ! Et t'endormir devant...

— Ça me rappelle ce que dit Jean-Louis : quand tes enfants atteignent les douze ans, tu comprends pourquoi certains animaux mangent une partie de leur portée... »

Il rit, en attendant qu'elle fasse de même.

« Oui, évidemment, tu ne trouves pas ça drôle. »

Puis il soupire, agacé par son mutisme.

« Évidemment, je ne trouve pas ça drôle : ce n'est pas drôle. Et c'est de mauvais goût.

— Oublions, ça vaut mieux.

— J'ai mal au cœur, je vais me faire une tisane. »

Un simple effleurement, et l'écran de l'ordinateur, qui était en veille, se rallume aussitôt pour revenir à l'endroit où on l'avait laissé.

*

De : Jean-Louis Borel
À : Victor Emery
Objet : Merci

Très sympa le dîner chez vous l'autre soir.
Désolé, mais je suis obligé d'annuler le tennis ce soir, je dois régler des problèmes de bagnole.
Merci pour l'invitation mais je vais passer Noël chez ma sœur.
Et Jeanne, ça va mieux ? Je l'ai trouvée bizarre.
Elle est jolie, la petite blonde, Natacha, c'est ça ?
Ils ont des enfants ?

*

De : Victor Emery
À : Jean-Louis Borel
Objet : re Merci

Jeanne bizarre en ce moment, mais ça passera
quels problèmes de bagnole ?
oui, jolie
ne peuvent pas en avoir

*

De : Jean-Louis Borel
À : Victor Emery
Objet : re Merci

*

Elle cale tout le temps, c'est très emmerdant.
Ils ne peuvent pas en avoir ? La faute à qui ? Je suis sûr qu'avec un bon géniteur, ça s'arrangerait.

*

De : Victor Emery
À : Jean-Louis Borel
Objet : re Merci

ça doit être le carburateur
qu'est-ce que tu proposes ?

*

De : Jean-Louis Borel
À : Victor Emery
Objet : re Merci

Pour définir les procédures de procréation assistée par d'amicales entremises, il suffit de s'entraîner un peu, régulièrement, et l'on obtient vite des résultats probants.
Il n'y a pas d'effets secondaires.
On peut même garder son mari.
La seule conséquence possible, c'est qu'un sourire persistant s'installe sur le visage de ladite blonde, que ses joues rougissent de temps en temps, que l'inspiration redouble dans toutes les activités manuelles et que le mari, par ailleurs fort sympathique, continue à payer les crédits comme avant.

*

*De : Victor Emery
À : Jean-Louis Borel :
Objet : re Merci*

*on passe le réveillon chez eux à la campagne.
tu veux venir ?*

*

*De : Jean-Louis Borel
À : Victor Emery :
Objet : re Merci*

*Why not ?
Il faudrait de toute façon faire plus ample connaissance pour envisager la friendly fécondation de notre blondie-brodeuse amateur.*

Debout à côté du bureau, Jeanne finit de lire le dernier échange d'e-mail entre Victor et Jean-Louis. Le sifflement de la bouilloire la ramène à la réalité, elle s'éloigne aussitôt et se dirige rapidement vers la cuisine.

Puis elle revient, pose sa tisane bouillante sur un coin du bureau, s'assied en face de l'ordinateur, et commence à taper la réponse.

*De : Victor Emery
À : Jean-Louis Borel :
Objet : re Merci*

*Tu vas te calmer, oui ?
Si je te propose de passer un week-end chez eux, ce n'est certainement pas pour que tu lui sautes dessus !*

Amuse-toi avec qui tu veux, mais pas les amies de ma femme !

Jeanne envoie le message, puis referme l'ordinateur d'un geste sec.

Natacha est pelotonnée au fond du grand fauteuil bleu. Elle semble épuisée et parle plus lentement que d'habitude.

« Vous avez passé un bon Noël ?... Le mien a été catastrophique...

Quand on y pense, c'est presque amusant : mon métier est d'organiser des fêtes pour les autres et, après une soirée chez moi, j'ai presque envie de me flinguer...

La soirée du 24 a été franchement terrible. Il y avait juste Philippe et moi, et mes parents.

J'avais l'impression d'être assise avec des étrangers. Tous tellement occupés à ignorer le fait qu'il n'y avait pas d'enfant à table, et à se demander en silence si le sapin, les cadeaux, et tout le tralala avaient vraiment du sens.

Moi qui ai toujours adoré Noël, maintenant, c'est un enfer. La trêve de Noël, ça n'existe pas, ça n'existera plus jamais.

Mes parents ne s'entendent pas, ça a toujours été comme ça.

Je regrette qu'ils ne se soient jamais séparés, j'ai subi leurs engueulades monumentales pendant toute mon enfance. Plus tard, j'ai souvent essayé de m'interposer quand ils se disputaient, mais c'est tout juste s'ils remarquaient ma présence. Pendant toute mon enfance, j'ai envié mon amie Violette. Tout était mieux chez elle, y compris ses parents qui avaient l'air de s'aimer vraiment. Je trouvais que leur vie avait l'air tellement plus belle que la nôtre.

Bon, après, tout a changé : sa mère est morte, et son père est devenu bizarre, très distant.

Un jour, elle m'a confié qu'il lui avait dit qu'elle n'était pas très belle, mais que ce n'était pas grave car seule comptait la beauté intérieure ! D'abord, elle est très jolie ; ensuite, il faut être cinglé pour dire des choses pareilles à sa fille !

Enfin, quand j'étais jeune, je l'enviais. Les bagarres de mes parents me pesaient terriblement. Maintenant, ils s'ignorent, ce n'est pas tellement mieux. Le silence complet ou les cris, vous imaginez l'ambiance. Pris séparément, ça va ; c'est ensemble qu'ils sont impossibles.

Entre Philippe et mes parents ?...

Ça ne va pas très fort non plus. Rien à voir avec moi et sa sœur, mais enfin, ce n'est pas génial. Qu'est-ce que vous voulez, Philippe est très naïf. Un jour, il a donné à ma mère un article sur les vitamines conseillées pour les personnes du troisième âge en lui disant que ça la concernait.

Il croyait bien faire ! Elle a pris l'article, l'a remercié poliment, et, le lendemain, elle est venue lui offrir *L'Idiot* de Dostoïevski et une bouteille d'*Égoïste,* de Chanel. Elle a laissé un petit mot en reprenant son expression : "Ça vous concerne !"

Il a fait semblant de trouver ça drôle, mais il était aussi vexé qu'elle. Depuis, les relations sont courtoises, mais plutôt froides.

À Noël, ils m'ont tous tapé sur les nerfs. Mes parents qui parlaient de la pluie et du beau temps, et même Philippe. Je ne sais pas si c'est parce qu'il en avait marre de leurs banalités, mais, pendant le dîner, sans que ça ait le moindre rapport avec la conversation, il a dit : "Je crois en l'existence d'un monde parallèle." Ma mère a crié : "Pardon ?" Il faut dire qu'elle est assez terre à terre, et il a répondu tranquillement : "Oui, j'en suis parfaitement convaincu." Je me demande si l'on n'est pas tous en train de devenir fous.

Plus tard, il est revenu dessus. Je lui ai dit : "Attends, Philippe, il faut qu'on parle. C'est quoi, cette histoire de monde parallèle ? C'est nouveau ?"

Il n'a pas répondu, il s'est contenté de sourire d'un petit air énigmatique. Mes parents bâillaient ; lui, il souriait bêtement, et moi, je n'avais qu'une envie : disparaître.

Sérieusement, j'ai failli partir en douce ! Aller prendre un bain, comme mon amie Jeanne l'autre soir. Passons.

J'aurais mieux fait, d'ailleurs. Parce que le pire était à venir.

Au moment de me dire au revoir, ma mère m'a dit : "Tu vois, si tu avais eu des frères et sœurs, je serais sûrement déjà grand-mère." C'est tout. Elle m'a dit ça et elle est partie. Philippe n'a pas entendu, il était parti chercher la voiture pour les raccompagner.

Je me suis retrouvée seule dans le salon, au milieu des assiettes sales et des emballages cadeaux. J'ai pleuré, j'ai même hurlé.

De toute façon, tout le monde s'en fout. Personne ne voit rien. Mon mari devient mystique et ma mère ne pense qu'à une chose : sa propre culpabilité d'avoir avorté deux fois.

Le lendemain matin, on est sortis se promener dans un parc. On s'est assis sur un banc, et j'ai regardé deux petites filles en robes à smocks qui jouaient près de moi. Elles grelottaient.
Je ne sais pas ce qu'ils ont, tous ces B.C.B.G., à refuser de couvrir leurs enfants. Tous les hivers, je croise des petites filles en robes et socquettes, des garçons en bermudas, leurs parents marchent sereinement à leurs côtés et j'ai envie de leur demander : "Mais vous ne sentez pas qu'on gèle ? !" Sûrement un truc d'endurance, genre "éducation à la dure".
Philippe dit que les aristos ne sont pas frileux parce qu'ils n'ont plus de quoi chauffer leurs châteaux...
Je ne sais pas, on s'en fout.
Après, on était invités à déjeuner, j'étais triste, mais j'ai bien réussi à le cacher. Personne n'a rien vu.
Personne ne voit rien.
J'étais assise là, à faire gentiment la conversation aux autres invités, et j'ai réalisé que je n'y crois plus, c'est trop tard...
Mais non, ça n'a rien à voir avec mon âge, ce n'est pas physique, c'est moral ! Remarquez, c'est aussi physique : je suis épuisée.
Le soir, en rentrant, j'ai dit à Philippe que s'il voulait vraiment avoir des enfants, il valait mieux qu'il en fasse avec une autre femme.
Il m'a assuré qu'il voulait en avoir avec moi et personne d'autre, et moi je criais : "Mais on n'en aura jamais ! Ça ne marchera pas, tu comprends ?" Il m'a écoutée et il a juste répondu : "Alors, on n'en aura pas."

Je me suis calmée tout net, j'ai senti ma colère retomber comme un soufflé.

Le soir, dans mon lit, j'ai essayé de nous imaginer à cinquante ans, et puis, plus vieux, sans enfants. Je n'ai pas réussi. Curieusement, quand je me projette sans enfants, je me dis que je mourrai seule, Philippe ne fait pas partie du tableau. C'est une famille ensemble ou rien.
Comment ça, il ne faut pas renoncer ? C'est facile à dire, vous ne vous rendez pas compte...
Alors quoi ? Continuer sans y croire ?

Si je ne suis pas enceinte l'année prochaine, je ne ferai même pas de sapin. »

Quelques fleurs d'orchidée fanées jonchent le sol. Seule, sans faire le moindre bruit, Jeanne les ramasse soigneusement, une à une.

« Victor doit se douter de quelque chose, j'en suis sûre.
Qu'est-ce que je suis censée raconter à Natacha ?
Lui dire que mon souvenir de ces vacances, c'est le dos de Victor ? Victor qui marchait en permanence seul devant nous, à vingt mètres au moins. Parfois il marchait derrière, aussi. Enfin, jamais à côté de moi.
Il m'en a voulu d'avoir choisi cette destination.
Il faut dire que je suis étourdie. Étourdie ou cruelle ? Je ne veux pas le savoir.
J'ai oublié que mon mari a le vertige et les chevilles fragiles. Alors, forcément, les Baux-de-Provence et les villages du Lubéron, c'était un mauvais plan. Dès la première journée, il était malade. Puis il s'est foulé la cheville, et il n'a plus voulu sortir de la chambre d'hôtel.
Qu'est-ce que c'était beau, pourtant... Et cette bastide, si paisible, si discrète. Si parfaitement coupée du monde... Je regardais tout ça et je me suis dit que ça devrait être tellement bien d'être ici avec un homme qu'on aime.

Ça fait très mal de penser ça.

Je n'ai pas arrêté de penser à Jeff. D'une certaine manière, c'est comme s'il avait été là. Heureusement qu'il est aux États-Unis, sinon, j'aurais craqué, je l'aurais appelé.

Qu'est-ce qui va se passer à son retour ? J'en tremble.

Raconter mes vacances...

Je me souviens de ma fille, qui, en surprenant une dispute, nous a dit : "Je vous trouve très énervés, je pense qu'il faudrait vous calmer et aller dîner tranquillement." Il a répondu : "Mais moi, je suis très calme, c'est maman qui est énervée." Dire qu'il n'est même pas capable d'être au niveau de sa fille. Ça aussi, ça fait mal.

La prochaine fois, on partira en croisière. Non, il a le mal de mer.

Et puis j'ai toujours eu envie de crier : "Un homme à la mer !" Qui sait si, dans un moment d'exaspération, je ne le balancerais pas par-dessus bord, juste histoire d'assouvir mon caprice ?

Raconter mes vacances ? Un soir, il s'est levé pour remplir les assiettes des enfants au buffet, il n'a rapporté que des choses dont ils ont horreur. Eux non plus, il ne les connaît pas. Impression familière. Et désolante.

Peut-être que je prends trop de place auprès des enfants ? Mais une place, c'est comme le pouvoir : si on l'offre à quelqu'un qui n'en veut pas, on est bien obligé de la prendre soi-même.

Ce n'est tout de même pas ma faute s'il est souvent absent. Et quand il est là, il est ailleurs...

Est-ce que c'est à cause de moi ? Ce n'est pas vrai que je fais tout le temps la gueule, seulement quand je lui en veux.

Le problème, c'est que je lui en veux souvent.

Et maintenant qu'on est rentrés, ça va recommencer comme avant.

Les semaines qui se ressemblent, les week-ends qui donnent envie de mourir d'ennui.

Et ça, je ne pourrai plus.

C'est peut-être juste une question d'ambition.

Mon ambition qui se réveille et me dit : "Au moins ça : ne détester a priori aucun des matins de sa vie."

Mériter mieux qu'un mari qui assortit ses chaussettes à sa cravate.

À quoi est-ce que je peux aspirer ? Je serais prête à me contenter d'un tout petit peu plus.

Évaluer la ligne qui sépare l'attente légitime de la prétention démesurée... »

« Jeanne ?... »
Natacha apparaît dans le salon.
« La porte était ouverte...
— C'est possible, je ne ferme plus derrière Victor.
— Comment ?
— Rien, laisse tomber.
— Où sont les enfants ?
— Chez ma mère. Je lui ai dit que je rentrerais vers sept heures.
— Tu vas me raconter vos vacances... C'est vraiment gentil de venir nous aider, c'est notre première commande d'État, il faut qu'on assure ! »
Jeanne éclate de rire.
« Un pot de Noël pour le personnel de la Mairie de Bondy ! C'est ça que tu appelles une commande d'État ?
— Et pourquoi pas ? C'est une administration officielle, non ? Après, de mairie en mairie, on peut finir

à Paris, et alors, qui sait ? Je me verrais bien fournisseur officiel de l'Élysée ! conclut-elle gaiement.

— Avec un enthousiasme pareil, tu le mériterais bien...

— Allez, on y va, Lola est déjà sur place. »

Quelques heures plus tard, la fête bat son plein dans la salle des mariages de la mairie de Bondy. Les trois jeunes femmes ont dressé un beau buffet d'apéritifs, et s'activent pour servir les boissons. La nuit vient de tomber, le mousseux coule à flots, et les employés sont bien décidés à s'amuser.

Natacha s'absente le temps d'aller chercher des bouteilles supplémentaires. Quand elle revient, Lola lui fait de grands signes pour lui désigner Jeanne, de l'autre côté de la salle.

Médusée, Natacha découvre son amie en train de danser avec un petit groupe de gens. L'un d'entre eux décide de faire la chenille et c'est le départ d'un slalom effréné parmi les chaises. Au milieu du cortège, Jeanne se trémousse et rit aux éclats.

« Je ne l'imaginais pas si déconneuse... dit Lola en rejoignant Natacha.

— ... Moi non plus... Enfin, elle peut l'être, mais quand même ! »

Natacha et Lola restent debout à observer la scène, complètement hypnotisées.

« Allez, dit Lola au bout d'un instant, au boulot...

— Dis donc, coupe Natacha, tu as pris ton appareil photo ? »

En guise de réponse, Lola sourit et s'éloigne. Elle revient aussitôt en brandissant son appareil.

Natacha se jette dessus et fait quelques photos de Jeanne, toujours occupée à sautiller avec ses nouveaux amis.

La lumière du flash attire son attention et elle surprend le geste de Natacha, mais elle ne s'en soucie pas.

Une demi-heure plus tard, elle vient se servir un grand verre d'eau et se laisse tomber sur une chaise près de Natacha. Elle est en nage et reprend son souffle, puis elle allume une cigarette.

« Si on m'avait dit que tu t'amuserais autant ! lui dit Natacha.

— Je sais, tu as bien fait d'immortaliser le moment.

— Tu dis ça pour les photos ? Ne m'en veux pas, je n'ai pas pu résister, je te promets de ne les montrer à personne.

— Tu peux les montrer à qui tu veux, je m'en fiche, ce n'était pas un reproche. Au contraire, je veux des doubles, je suis contente qu'il y ait une preuve.

— Une preuve ?

— Je me suis amusée comme jamais avec des gens que je n'avais jamais vus de ma vie. Ici, à la Mairie de Bondy ! Je viens d'être incroyablement heureuse pendant quelques heures. Je veux pouvoir me le rappeler. »

Violette et Élise attendent l'ascenseur ; les portes s'ouvrent et libèrent le pianiste. Ils se saluent, le pianiste sort de la cabine et elles prennent sa place. À la dernière seconde, Violette retient la porte, et lui dit :

« On m'a volé mon autoradio. C'est la troisième fois, et mon mari a dit qu'on ne le remplacerait pas puisque, de toute façon, on ne s'en servait jamais. Mais c'est faux, je l'éteins quand on est ensemble, mais je m'en sers toujours quand je suis seule. J'ai toujours eu besoin d'être seule pour écouter de la musique. C'est une activité que je trouve tellement intense que j'ai du mal à la partager. »

Elle parle vite pour réussir à lui dire tout ça ; c'est important, et elle a l'impression que lui seul peut comprendre. Il sourit et répond :

« Vous rachèterez un autoradio, n'est-ce pas ? »

Joyeusement, elle fait oui de la tête ; la porte se referme.

Une fois sur le palier, Violette se dépêche d'ouvrir la porte car le téléphone sonne.

« Allô ?

— Bonjour, c'est madame Héry, la maman de Camille.

— Ah, bonjour !

— Je voulais inviter Élise à venir passer le week-end prochain avec nous à la campagne. »

Des images d'enfants maltraités se bousculent instantanément dans la tête de Violette.

« C'est très gentil, mais je ne sais pas, elle est encore très petite...

— Allez, dis oui, maman ! s'exclame Élise, qui semble parfaitement informée de la teneur du coup de fil.

— En fait, Élise m'a dit qu'elle vous en avait parlé et que vous étiez d'accord...

— Non, je n'étais pas du tout au courant.

— Oh, vous savez, c'est juste deux jours.

— Je comprends.

— La maison n'est qu'à quatre-vingts kilomètres, ce n'est vraiment pas loin !

— Écoutez, voilà ce qu'on va faire : j'en parle à mon mari ce soir et je vous rappelle. »

Violette raccroche et regarde Élise.

« Tu exagères !

— Non, je suis pas exagère !

— Si ! Tu as menti, et c'est très mal ! »

Élise comprend qu'il ne faut pas insister et va s'asseoir sur le canapé du salon.

Violette va chercher sa liste intitulée « Choses à faire avec Élise ». En dessous de : *L'emmener voir les vitrines de Noël,* elle rajoute : *Lui lire* Sans famille *d'Hector Malot.*

Puis elle revient vers sa fille.

« Quentin va arriver, je vais te mettre un film.

— Alors *Cendrillon*... Maman, il s'appelle comment, le Prince Charmant ?

— Il n'a pas de nom.

— C'est triste.

— Mais non !

— Je comprends pas : *Blanche Neige,* c'est Blanche Neige. Elle a son Prince Charmant qui ne s'appelle pas. Mais là, dans *Cendrillon,* il y a encore un Prince Charmant, c'est pas le même que dans *Blanche Neige,* eh ben ! il a toujours pas de nom !

— Il n'a pas besoin d'avoir un nom, il a une fonction.

— C'est quoi, une fonction ?

— Et si je te mettais *Dumbo* ? »

Arrive Quentin, méconnaissable avec les cheveux teints en noir.

« C'est fou ce que ça te change ! s'exclame Violette.

— Je me suis fait ça hier soir, histoire de me faire une nouvelle tête pour tourner la page. Tu aimes ?

— C'est pas mal... Mais je crois que je préfère ta couleur naturelle.

— Oh, je vais y revenir ! Pas trop d'extravagance, tu me connais...

— Alors, c'est quand, le grand départ ?

— Après-demain. J'étais tellement excité que ça m'a rendu anxieux et j'ai failli tout annuler.

— Mais pourquoi ?

— J'ai tellement rêvé de ce voyage, de ce que j'allais trouver là-bas... C'est terrifiant de toucher enfin au but. Enfin, j'ai appelé ma grand-mère qui m'a calmé.

— Tes bagages sont prêts ?

— Presque, j'ai juste quelques courses à faire, mais l'essentiel est fait. J'ai même été chercher un extrait de casier judiciaire.

— Pour quoi faire ?

— J'en aurai besoin si je m'installe là-bas. Je vais te le montrer, tu verras : il est vierge.

— Je m'en doute !

— Non, mais j'insiste, ça me fait plaisir... Qu'est-ce qu'il se passe, ce soir ? C'est toi qui as l'air contrarié.

— ... Je m'inquiète pour Élise. Je trouve qu'elle grandit trop vite.

— Tu sais, c'est la nouvelle génération, je vois ça avec mes neveux, c'est terrible !

— Toi aussi, tu trouves ça angoissant ?

— Non, je trouve ça génial. Regarde-moi : j'ai eu tellement de mal à grandir que je suis encore dans l'enfance. Et quand je regarde le monde qui m'entoure, je me rends bien compte que je ne suis pas assez armé pour y avoir ma place.

— Élise... elle a déjà la sienne. »

Philippe et Natacha entrent dans l'hypermarché d'un pas décidé. Ils y ont leurs habitudes puisque c'est là qu'ils font leurs courses lorsqu'ils passent le week-end dans leur maison de campagne, située près de Laigle. Week-ends devenus plutôt rares depuis le lancement de l'activité de Natacha.

Victor et Jeanne leur emboîtent le pas, sans leurs enfants qui passent la fin de la semaine chez leurs grands-parents, mais avec Jean-Louis qui a accepté l'invitation de Victor et les accompagne.

C'est devenu une tradition : le réveillon du 31 à la campagne chez Philippe et Natacha, et les courses en commun qui précèdent les festivités.

Comme à l'accoutumée, Philippe a pour unique tâche le choix de quelques camemberts. Il les sort un à un de leur boîte, les tâte, les hume ; pendant ce temps, les autres ont le temps de remplir deux grands chariots.

Mais, cette fois, sa sélection est interrompue par l'arrivée intempestive d'un responsable qui se jette sur lui en criant à ses collègues :

« Ça y est, on le tient ! »

En fait, tous les employés sont à la recherche d'un détraqué qui vient régulièrement mordre dans un camembert avant de le remettre à sa place. Chaque jour, des clients qui ont acheté le camembert entamé viennent le rapporter et se plaindre, et maintenant, toute l'équipe « Produits laitiers » est obsédée par la traque du coupable...

Après un certain désordre, accru par une défense outrée, Philippe est relâché faute de preuves.

Les courses sont achevées, puis complétées par un arrêt au bureau de tabac : il y a une cagnotte Spécial Réveillon pour le Loto et Victor ne veut pas la manquer.

Quelques heures plus tard, la maison est pleine de vie et commence à se réchauffer. Victor s'active devant le feu de cheminée tandis que Philippe fait visiter les lieux à Jean-Louis.

« Il y a une télé dans chaque pièce ! s'étonne celui-ci.

— Elles étaient toutes à ma mère, explique Philippe. À chaque fois que sa télécommande cesse de fonctionner parce que les piles sont usées, elle commande une télé neuve... »

Natacha lève les yeux au ciel en regardant Jeanne d'un air entendu.

Le crissement des pneus sur les graviers annonce l'arrivée de Violette, de Gilles et d'Élise. Tout le monde vient les accueillir.

« Hémorroïde s'est incrustée, elle dépose ses enfants chez leur père et elle arrive avec son mari, se désole Natacha en embrassant Violette.

— Ne t'inquiète pas, on est là.

— Philippe dit que ça va déjà mal avec son dernier mari, j'ai peur qu'elle ne soit incontrôlable... »

Élise vient s'asseoir près de Jean-Louis et l'observe avec curiosité. Il lui sourit après lui avoir jeté un rapide coup d'œil signifiant qu'il n'a aucune envie d'être dérangé. Il est plongé dans le journal télévisé. Violette propose à Élise de venir aider les autres à la cuisine, mais Élise refuse. Sa mère la met en garde :

« N'embête pas Jean-Louis ! »

Quand, un quart d'heure plus tard, elle vient vérifier que tout se passe bien, ils sont en train de se chatouiller tout en poursuivant une grande conversation. Jean-Louis s'exclame :

« Mais non, je ne suis pas la Princesse, je suis le Prince ! La Princesse, c'est toi ! »

Élise rit et le contredit, puis elle ajoute :

« Tu es très jolie, j'adore tes boucles d'oreilles ! »

Ils sont les meilleurs amis du monde, et Violette n'a plus qu'à repartir sans les déranger.

C'est indéniable, les relations sont particulièrement tendues entre Hémorroïde et son mari, et l'ensemble des convives fait le maximum pour ignorer l'orage qui pointe tout au long du dîner.

Le dessert est servi, chacun porte un toast et Philippe se lève.

« Pour ceux qui sont là pour la première fois, on a l'habitude de faire un bilan de l'année, et d'exprimer nos vœux... Mon souhait, et celui de Natacha, tout le monde le connaît. Mais, qu'on y arrive ou pas, j'espère qu'on tiendra. Parce que dans les "moins", ça s'est plutôt mal passé entre nous cette année.

— C'est vrai, enchaîne Natacha, on est soumis à toutes sortes de pressions et...

— Ça y est, j'ai fait mon vœu ! coupe Hémorroïde.

— Ton émission de télé ? demande son mari.

— Non, me faire prendre en levrette par un jeune éphèbe avant la fin de l'année prochaine !

— ... Tu te fous de ma gueule ?

— T'inquiète pas : quand on dit son vœu, ça ne marche pas. Cela dit, j'en ai d'autres en réserve. »

Les invités plongent le nez dans leur assiette, Jean-Louis glisse discrètement à Victor :

« Elle aussi, elle a pété un boulon. *She has broken a boulon.* »

Le mari d'Hémorroïde lève son verre.

« Je pense que si je vous dis quel est mon souhait en ce moment précis, l'un de vous va prévenir la police. Je vais donc m'abstenir et boire à une meilleure année, tout simplement. »

Gilles prend le relais.

« Ce n'est un secret pour personne, j'ai un unique vœu, il est professionnel et à long terme : dans quelques années, lorsque l'actuel directeur de recherche finira son mandat, j'aimerais le remplacer.

— Et toi, demande Natacha à Violette, tu ne voudrais pas avoir le poste ?

— Non. J'aimerais juste continuer à trouver les mêmes satisfactions dans mon travail : les trouvailles, les rencontres lors des congrès, l'enseignement constant... Et j'aimerais être une bonne mère... C'est plus difficile que prévu, en fait. Et puis aussi : être un peu plus moi. Je me comprends. »

Victor lui succède.

« Cette année, Jeanne a eu des passages difficiles... Donc, moi aussi. Mais ça ira, je crois... »

Il se tourne vers sa femme.

« Enfin, question sexe, ça a été nul. Alors, pour l'année prochaine, j'aimerais qu'on y remédie. Quitte à s'acheter des bouquins, n'est-ce pas, chérie ? »

Jeanne accuse le coup, puis se ressaisit.

« On est mariés depuis dix ans, rappelle-t-elle à l'intention des autres, alors, bien sûr, ce n'est pas toujours facile... »

Un long silence. Puis elle enchaîne, dans un souffle :

« J'ai eu ma première vraie tentation d'adultère, et j'ai cédé... Je ne sais pas ce qui va se passer. »

Elle laisse Victor se décomposer à son tour, et se tourne vers son voisin. Les autres reportent avec empressement leurs regards vers Jean-Louis, le seul à ne pas avoir pris la parole.

« Euh... Je n'ai pas trop l'habitude des thérapies de groupe... J'ai souvent parlé de mes problèmes conjugaux ces derniers temps, mais quand même... Enfin, disons que j'aimerais bien rencontrer une jolie femme avec qui faire un bout de chemin. Une fille simple, pour une histoire simple. Juste une gentille fille. Et plutôt jeune...

— Tu sais, rétorque Gilles, on croit que c'est sympa d'épouser une fille jeune, mais ça implique quantité d'efforts, ne serait-ce que si le cordon n'est pas encore coupé avec papa et maman. Par exemple, je me souviens que Victor m'a raconté que ça avait été vraiment pénible à son âge, de se retrouver en voyage de noces chez ses beaux-parents ! Avec la mère de Jeanne rentrant dans la cuisine le matin, et lui disant en guise de bonjour : "Faites attention aux miettes par terre, ça attire les fourmis !" »

Jeanne est abasourdie, les regards convergent vers Victor, mais il ne réagit pas, il est bien trop occupé à digérer la nouvelle que sa femme vient de lui apprendre publiquement.

Le silence s'installe.

Hémorroïde joue avec son verre ; la plupart des convives s'étonnent tout bas de son mutisme inhabituel.

« À quoi penses-tu ? Toujours à tes futurs ébats ? finit par lui demander son mari.

— Non, à rien, je laissais mon esprit vagabonder.

— Tu prends des risques, il est bien trop petit pour être laissé tout seul. »

Puis il lui tourne le dos, et entreprend de fixer un bouchon de champagne métallique sur une bouteille entamée, afin que celle-ci conserve ses bulles. Il n'y parvient pas, elle lui prend la bouteille des mains et essaie à son tour, avant d'échouer comme lui.

« Le bouchon est cassé, il faut le jeter, conclut-il.
— Déconne pas, regarde la boîte : "Doré à l'or fin" ! Donne-le à ta mère, elle le donnera à son bijoutier pour qu'il lui fasse une dent avec. »

Philippe se lève d'un bond et se penche vers sa sœur.

« Hémo... Adélaïde, tu me fais chier ! J'en ai plein le cul de tes réflexions et de ton attitude de merde. Alors, maintenant, tu te tiens bien ou tu dégages ! »

Elle sursaute, cherche une réponse, mais quitte la pièce sans un mot, visiblement décontenancée par le sursaut peu coutumier de son frère.

« Merci, vieux... dit son mari à Philippe.
— Toi, ta gueule ! »

Il sursaute et sort dans le jardin.

Silence.

D'un seul mouvement, les autres se lèvent et commencent à débarrasser.

Chacun semble totalement absorbé par la constitution de piles d'assiettes et de plateaux chargés de verres. Victor et Jeanne réussissent à faire plusieurs allers-retours entre la cuisine et le salon sans se croiser.

Jean-Louis annonce qu'il va se coucher. Il remercie Natacha avec une courtoisie particulière, tout en jetant un petit coup d'œil inquiet à Victor, puis il disparaît dans sa chambre.

Les couples hésitent à aller se coucher, hébétés par l'excès de nourriture, d'alcool, et l'accablante perspective de poursuivre les discussions effleurées à table dans l'intimité de leur chambre.

À cet instant précis, tous souhaiteraient être ailleurs.

Élise s'est endormie sur le canapé, le lecteur DVD est bloqué depuis longtemps sur la page Menu et, machinalement, tout le monde vient s'asseoir devant la télévision.

« Ça branche quelqu'un de regarder un film ? demande Philippe.

— Pas en état de voir *Dumbo* ou *Bambi,* je pleure à chaque fois, répond Violette.

— Pareil ! dit Jeanne.

— ... On a aussi emmené *Merlin l'Enchanteur,* dit Gilles.

— Banco ! » dit Victor.

Croyant à une plaisanterie, Philippe attend une autre suggestion, puis, voyant que les autres sont sérieux, il installe le DVD. Il jette un coup d'œil à Natacha, la voyant sereine, il s'assied près d'elle et laisse la magie opérer.

Derrière eux, le sapin clignote inexorablement.

Il est à peine huit heures quand Natacha entre dans la cuisine. Elle est surprise d'y trouver Jeanne, assise devant un bol de café.

« Déjà levée ? s'étonne-t-elle.

— Je n'ai pas fermé l'œil de la nuit, répond Jeanne.

— Et Victor ?

— Pareil... On a essayé de parler, on n'a pas réussi, j'ai préféré descendre. Je pense qu'il a fini par s'endormir. »

Natacha hoche la tête et commence à dresser la table du petit déjeuner. Violette entre à son tour, dépose à chacune un baiser sur la joue et vient s'asseoir à côté de Jeanne.

« Tu m'en veux ? demande Jeanne à Natacha. Je n'aurais jamais dû annoncer la nouvelle à Victor ici, à table. C'est dégueulasse, et ça a plombé le dîner.

— Mais non, je ne t'en veux pas, répond Natacha avec légèreté. D'abord, tu as réussi à faire plus fort qu'Hémorroïde, et ça, c'est un exploit ! Ensuite... je n'ai rien à dire. Ce que tu vis est bien plus important que l'ambiance d'une fin de soirée.

— C'est vrai ? »

Jeanne pousse un soupir de soulagement. Elle se tourne vers Violette.

« Je voulais te dire, j'ai réfléchi : je ne crois pas que je vais aller au stage de feng-shui qu'organise ta sœur. Ce n'est pas bien, je le lui avais promis, mais je crois que si je pars en week-end, il vaudra mieux que je m'isole un peu. J'ai réalisé que je n'avais jamais été seule de toute ma vie, il serait grand temps, non ?... Tu crois que Maud m'en voudra ?

— Non, bien sûr, répond Violette, elle comprendra. Tu sais, moi aussi, j'aimerais bien annuler, j'ai besoin d'argent pour prendre des cours de piano...

— Alors fais-le, intervient Natacha. Moi, je vais le faire, son stage.

— Ah bon ? s'étonne Violette. Parce que tu n'avais pas l'air emballée quand on en a parlé. Et puis tu es tellement débordée...

— Justement, c'est peut-être ça le problème. Il faut que j'arrive à me poser, à sortir du tourbillon que je me suis infligé. Je ne sais pas si le feng-shui pourra m'aider, ça ou un autre truc au nom imprononçable ; en tout cas, il faut que j'essaie. Il faut que je trouve quelque chose pour m'aider parce que pour l'instant, je ne m'en sors pas. Et je n'ai plus la force d'être toujours un bon petit soldat.

— Tu as raison, renchérit Jeanne. Et puis, franchement, on s'est souvent moqué de Maud, de ses goûts et de ses petites manies, mais il m'arrive de me demander si elle ne s'en sort pas mieux que nous... »

Violette acquiesce.

Violette est debout dans sa salle de bains, en train de se coiffer. Gilles entre et s'assied sur le rebord de la baignoire.

Dans quelques heures a lieu le dîner qui clôture le congrès « Groupe d'hémostase et thrombose » qui se déroule depuis deux jours. Un dîner dansant et convivial, réunissant les trois cents personnes qui travaillent sur le sujet à l'échelon national.

Gilles soupire.

« J'ai continué à bosser sur les MAP kinases après ton départ, je n'ai rien obtenu avec la P 42.

— J'ai bien réfléchi, répond Violette. Je crois qu'il faudrait voir quel est le rôle de la P 38.

— La P 38 ? Mais bien sûr ! Je n'y avais pas du tout pensé. Tu as sûrement raison... Comme toujours. »

Violette continue de se coiffer d'un air songeur.

« C'est l'adhésion des plaquettes qui te tracasse ? lui demande Gilles.

— Non, je pensais à Quentin. Tu sais qu'il est à Miami.

— Et alors ? Ma mère s'occupera d'Élise comme convenu. Enfin, je comprends, pour le congrès, ça tombe mal.

— De quoi tu parles ?

— Du dîner, ce soir ; il t'aurait fait un brushing.

— Je m'en fous, de mes cheveux.
— Alors quoi ?
— Je pense à lui. À ses rêves. J'espère que ça se passe bien pour lui. Il me manque. J'aime bien bavarder avec lui.
— Ah bon ? Vous parlez de quoi ? demande Gilles, étonné.
— De tout et de rien. Peu importe. Tu ne peux pas savoir comme sa présence me fait du bien. Elle me réconforte. Je ne sais même pas pourquoi. »

Gilles lui prend la brosse des mains.

« Laisse-moi essayer, je l'ai déjà vu faire, ça n'a pas l'air sorcier.
— Mais pourquoi ?
— Comme ça, pour que tu te détendes. Assieds-toi. »

Violette s'abandonne aux mains de son mari et pense encore à Quentin. Pourvu qu'il n'aille pas vivre à Miami. L'idée qu'il soit loin la rend infiniment triste. Peut-être parce qu'il est le seul adulte innocent qu'elle connaisse.

« Comment tu trouves ? »

Elle se regarde dans le miroir et constate l'étendue du désastre. Ses cheveux sont à la fois écrasés et électriques, sa frange se dresse au-dessus de sa tête tandis que le reste est désespérément plat.

« C'est une catastrophe.
— Bon, écoute, ça ira, ce n'est pas comme si les gens venaient pour admirer ton brushing... »

Elle se retourne, révoltée.

« Ma fille est chez les Thénardier et tu oses être désagréable ?
— Comment ça ? Si les parents sont du genre Thénardier, il ne fallait pas la laisser y aller !

— Non, ils sont gentils. Je suis stressée parce que je n'aime pas qu'elle fasse de la route avec quelqu'un d'autre que nous. Ils ont une Mercedes, en plus.

— Et alors ?

— Mon père disait que c'est une voiture de bouchers qui ont réussi. Ça m'a laissé un a priori.

— Qu'est-ce que tu racontes ? En plus, si ma mémoire est bonne, il en avait une quand je t'ai rencontrée...

— Oui, c'est vrai. Enfin, il n'est pas à une contradiction près. D'ailleurs, tu sais bien que sa devise est : "Seuls les imbéciles ne changent pas d'avis." Ça lui permet de proclamer n'importe quoi quand ça l'arrange... »

Elle s'interrompt pour aller répondre au téléphone dans le salon.

« Allô ?

— Maman ?

— Mon amour ! Justement, on parlait de toi avec papa, tu vas bien ?

— On a acheté des chewing-gums, mais là, j'ai enlevé celui que j'avais dans la bouche pour que tu t'en rendes pas compte...

— Ce n'est pas grave, ma chérie.

— Non, je sais, c'est pas grave, je vais le remettre dans ma bouche quand on aura raccroché.

— Comment ça se passe ?

— Très bien, on a été à la ferme chercher des œufs et du fromage, il y avait des lapins partout, j'aimerais bien en rapporter un à la maison...

— Il n'en est pas question, il serait très malheureux à Par...

— Alors, un chien !

— Je regrette, ce n'est pas possible, mon cœur.

— Je préfère que tu m'appelles "ma fleur". Pourquoi t'aimes pas les chiens ?

— J'aime beauc...

— Bon, à demain ! »

Violette reste un instant interloquée, puis elle repose lentement le combiné à sa place.

Décontenancée, elle reste immobile quelques secondes, puis tente de se rassurer intérieurement en balayant du regard les étagères remplies de cartons classés par ordre alphabétique.

Gilles l'observe en souriant tendrement. Sans un mot, il s'approche d'elle, la prend dans ses bras et la serre doucement contre lui. Elle ferme les yeux.

Victor, Gilles et Philippe finissent leur jogging dans le Bois de Boulogne. Ils ralentissent le pas et reprennent leur souffle. Victor leur désigne un banc et ils se laissent tomber dessus.

« Alors, où en es-tu avec Jeanne ? demande Philippe.

— On essaie de recoller les morceaux ; j'aimerais que ça s'arrange. Elle est partie quelques jours, seule, soi-disant pour prendre du recul, réfléchir.

— Et l'autre type ? demande Gilles.

— Elle me dit que ce n'est pas lui le problème, c'est nous.

— Qu'est-ce qu'elle te reproche au juste ?

— Plein de choses : de la négliger, de ne pas être assez présent auprès des enfants... Ce n'est pourtant pas ma faute si je travaille beaucoup ! En plus, c'était déjà le cas quand on s'est rencontrés, elle savait que ça ne changerait pas... Elle a aussi une théorie absurde, selon laquelle j'ai peur de perdre une part de ma virilité en m'impliquant davantage ! Une élucubration qu'elle a dû trouver dans un magazine... Je trouve ça con... et très injuste.

— Tu le lui as dit ?

— Oui, mais elle me cite toujours des exemples de pères qui travaillent tout en tenant d'après elle un rôle essentiel dans l'éducation de leurs enfants ! Et elle me dévalorise en nous comparant. Le pire, c'est qu'en fait, je crois que ça l'arrange.

— Comment ça ? demande Philippe.

— Parce que du coup, elle empiète sur ma place. Parfois, j'ai même l'impression de ne pas être considéré comme un interlocuteur à part entière. C'est elle qui prend toutes les décisions concernant les enfants, sans même me consulter. Mon autorité est bafouée, ça me rend dingue !

— Fais quelques efforts, et ça s'arrangera.

— Je ne sais pas. De toute manière, quoi que je fasse, ce n'est jamais assez bien pour elle.

— Si elle réfléchit, elle va réaliser tout ce qu'elle perd si elle te quitte, et elle reviendra, c'est certain ! dit Gilles.

— Tu peux te permettre d'être optimiste. Toi et Violette, vous êtes un couple fusionnel ! Vous travaillez ensemble, vous vivez ensemble, il n'y a jamais de vagues !

— Parce qu'on fait plein d'efforts ! Et puis, jamais de vagues, c'est facile à dire... Quand on se dispute le matin et qu'on se retrouve une demi-heure plus tard au labo, à faire comme si de rien n'était, c'est l'enfer ! C'est vrai que ça arrive rarement, mais il y a d'autres soucis, plus enfouis. Parfois, je sens que Violette est complètement ailleurs, que je n'ai aucune prise sur elle, et ça m'angoisse... Je ne sais pas ce qui se passe dans sa tête, et je ne le lui demande pas. Je l'ai fait une fois, et elle m'a répondu que je ne comprendrais pas, avec une telle certitude que j'ai laissé tomber.

— Je vois très bien la scène ! s'exclame Philippe. Le regard qui dit : "Tu ne comprends jamais rien, je ne vais pas me fatiguer à essayer de t'expliquer des choses qui te dépassent complètement..."

— Toi aussi, tu y as droit ? demande Victor en riant. Ça me rassure...

— Mais bien sûr ! Tu ne peux pas savoir combien cette histoire d'enfant nous a éloignés. Je vois Natacha subir les traitements, je vois combien ça l'atteint, et j'aimerais bien pouvoir l'aider mais je ne sais pas comment.

— Elle ne se rend pas compte ! s'exclame Victor. Déjà, un homme a besoin de tenir son bébé dans ses bras pour se sentir père. Comment pourrait-il comprendre le ressenti du corps d'une femme, les hormones qui montent et dégringolent ?...

— Elle me répète souvent que c'est elle qui souffre dans son corps et dans sa chair ; je le sais bien ! Mais moi, je n'y suis pour rien... Alors j'essaie de lui changer les idées ; parfois, je me creuse la tête pour lui parler d'autre chose et tenter de la distraire, mais je crois qu'elle prend ça pour de l'indifférence. Et elle oublie que moi aussi, je suis malheureux. Alors elle m'agresse, et ça finit en disputes.

— Tu crois que vous arriverez à surmonter tout ça ? lui demande Gilles.

— Je l'espère. Parce que moi, ce n'est pas vivre sans enfants qui me fait peur, c'est vivre sans elle.

— Tu devrais le lui dire, suggère Victor. Inutile d'attendre qu'elle aille voir ailleurs comme Jeanne pour lui dire combien tu tiens à elle.

— Et toi, alors, qu'est-ce que tu attends pour parler à Jeanne ?

— Pour l'instant, je la laisse souffler, comme elle me l'a demandé... Ensuite, si elle est réceptive, je lui dirai plein de choses. Notamment que depuis qu'elle est partie, je n'ai pas l'impression de valoir grand-chose. J'ai plein de beaux discours prêts dans ma tête. Mais je sais déjà que si elle m'accueille avec son visage fermé, je serai incapable d'y arriver. Et je ne me battrai pas.

— Tu la laisserais partir ?

— Oui... Pourtant, je l'aime. J'ai toujours cru bien faire et j'étais sûr qu'elle était heureuse. Mais j'en ai marre de ses reproches et, par-dessus tout, je suis las de sentir que quoi que je fasse, je ne serai jamais à la hauteur.

— Jamais à la hauteur... Je connais ça », murmure Gilles pensivement.

Victor se relève d'un bond.

« Mais laisse-moi te dire une bonne chose : Jeanne ne trouvera pas mieux que moi ! Elle peut me quitter, mais elle retombera sur un homme à qui elle reprochera les mêmes choses qu'à moi. La seule différence, c'est qu'il ne sera pas le père de ses enfants, donc elle ne pourra même pas lui reprocher de les négliger...

— Et toi, tu trouveras mieux ?

— Non, c'est mon second mariage, je sais que je suis condamné à vivre les mêmes choses avec toutes les femmes. C'est pour ça que je n'ai jamais songé à quitter Jeanne ; elle est assez naïve et optimiste pour penser que ce sera mieux avec le prochain, mais moi, je sais bien que rien ne changera jamais. »

Élise, ma fleur,

Je suis désolée d'avoir dit non pour le chien, mais je ne changerai pas d'avis.

J'aime beaucoup les chiens, je t'assure. Mais j'ai assez de responsabilités comme ça. Et puis mon père en avait un qu'il adorait, à tel point que Maud et moi trouvions qu'il le traitait mieux que nous. Depuis, j'aime toujours les chiens, mais de loin.

J'ai commencé à t'écrire ces lettres en pensant répondre aux questions que tu te poserais, mais, en me relisant, je comprends que je cherchais surtout des réponses à mes propres questions.

D'ailleurs, je passe plus de temps à m'excuser qu'à expliquer. Je ne sais pas si tu as besoin de toutes ces confidences, ces mises en garde, car tu ne me ressembles pas. Et parce que ces fantômes qui m'encombrent sont mon histoire, pas la tienne.

En vérité tu es toi, tout simplement, et c'est le plus beau cadeau que tu pouvais me faire.

Je me suis longtemps renfermée sur moi-même pour me convaincre que j'étais vraiment seule. Aujourd'hui, je n'ai plus besoin de ça. D'abord parce que tu es là, ensuite parce que j'ai beau me dire que c'est difficile d'être à la hauteur, il suffit que tu me serres très fort contre toi pour comprendre que je ne m'en sors pas trop mal.

Plus je vieillis, plus il me semble que la seule chose qui différencie vraiment les gens, c'est le fait d'avoir reçu assez d'amour durant leur enfance. Or, j'en ai eu des tonnes, assez pour être forte pour le reste de ma vie.

Et puis je crois que j'ai trouvé un moyen de dialoguer sereinement avec mon silence.

J'ai repris les cours de piano. Je n'avais jamais réalisé combien la musique me manquait.

Parfois, j'ai l'impression qu'il y a comme un désert en moi, et je crois qu'il faut que je le conjugue à la musique, sinon je vais m'ensabler et étouffer. Je sens que ça me permettra de retrouver mon monde, de m'y fondre, et d'oublier ce qu'on appelle la réalité.

Ce n'est pas une envie, c'est une nécessité.

Je croyais avoir tout oublié, mais mes doigts se souviennent.

Comme toi, j'ai pris des leçons quand j'étais petite, sans enthousiasme, sans avoir choisi.

Comme moi, tu traînes la patte pour faire tes gammes. Mais j'insisterai le temps qu'il faudra, le temps que tu en saches suffisamment pour t'y remettre si un jour tu le souhaites.

Le temps de trouver en toi ce que la vie ne te donnera pas. Ou ce qu'elle te reprendra.

Le temps de te retrouver.

Natacha est calée au fond du fauteuil bleu. Il lui est désormais assez familier pour qu'elle ne s'y sente plus perdue et y trouve instantanément une position confortable.

« Je vous souhaite une bonne année.
Moi, je vais un peu mieux que la dernière fois, on est partis dans notre maison de campagne pour le Nouvel An, il y avait toutes mes amies et ça m'a fait du bien de passer quelques jours avec elles.

Il y avait Hémorroïde aussi, tellement occupée à être vache avec son mari qu'elle m'a fichu la paix. Et, pour la première fois, Philippe lui est rentré dedans ! Vous ne pouvez pas vous imaginer le bien que ça m'a fait.

En fait, le réveillon a été un peu... explosif pour tout le monde. Mais, pour moi, ça s'est plutôt bien passé : on a tous fait le bilan de notre année, et Philippe a dit qu'on avait eu une année difficile, en faisant allusion à notre couple. Ça va vous paraître idiot, mais je n'imaginais pas qu'il était si conscient de nos problèmes, je pensais qu'il refoulait tout, ou qu'il mettait toutes nos tensions sur le compte de notre combat pour avoir un enfant. J'ai été très soulagée de voir que lui aussi était lucide, et qu'il souhaitait vraiment qu'on se retrouve.

J'en ai profité pour lui parler de la psy que vous m'avez recommandée, et il a accepté de prendre un rendez-vous. Elle l'a reçu hier, et vous ne devinerez jamais ce qu'elle a fait : elle l'a hypnotisé ! Quand elle le lui a proposé, il a répondu : "Allez-y, de toute façon ça ne marchera pas sur moi."

Résultat : il ne se souvient plus de rien, et elle lui a dit qu'elle n'avait jamais vu quelqu'un d'aussi réceptif de sa vie !

On verra bien.

J'en suis à la septième FIV, et j'ai appris à me faire les piqûres moi-même.

Cette fois-ci, le médecin a décidé de faire une culture prolongée : il a gardé les œufs en observation pendant cinq jours avant de les réimplanter.

Pendant toute cette période, Philippe a été plus doux que d'habitude, il n'a pas réagi quand je me suis énervée, il m'a juste demandé : "Mais pourquoi tu m'engueules sans arrêt ?" J'ai répondu : "Tu le sais très bien !" et l'incident a été clos.

Quand je suis allée faire l'écho, le docteur Dumas m'a dit : "On n'avance pas, vos ovaires doivent être fatigués parce que vos ovocytes sont tout petits."

Il m'a dit ça sans méchanceté, un peu comme s'il parlait tout seul, mais ça m'a complètement déprimée.

Je suis sortie et je suis allée m'acheter le DVD de *Peau d'Âne*, ça, au moins, c'est poétique... Je suis rentrée chez moi, je l'ai regardé au lit et j'y suis restée jusqu'à trois heures de l'après-midi.

Le jour de la réimplantation a été terrible, Dumas m'a dit : "C'est *Mortelle Randonnée*, il n'y en a plus qu'un sur huit !" Un cauchemar. Il faudra que j'arrive à le lui dire, je sais qu'il n'a pas le temps de faire de la psychologie, mais là, c'est trop.

Quand je suis sortie, il pleuvait, il y avait tellement de vent que j'avais du mal à marcher, j'ai cru que j'allais crever. Et puis, en chemin, j'ai croisé un homme à vélo qui prenait la pluie en chantonnant un truc stupide comme quoi la vie est belle ; et sur le moment ça m'a fait du bien.

On a décidé de ne plus rien dire à personne, c'est Philippe qui l'a voulu. Il m'a dit qu'il ne supportait plus la situation. J'ai l'impression qu'il passe par la même crise que moi, avec quelques mois de décalage, c'est peut-être l'effet de son début de thérapie... Il faisait les cent pas en répétant : "Marre d'être différents. Marre de sentir qu'on nous plaint. Marre d'être les pauvres Natacha et Philippe."
Je suis soulagée de le voir craquer, je crois qu'il en avait besoin.

Après chaque FIV, c'est la même chose, mes amies me demandent : "Quand est-ce que tu appelles le médecin pour savoir ?" C'est vrai que les autres ne comprennent pas, elles ne réalisent pas que le médecin n'a rien à me dire, c'est moi qui devine que c'est fichu quand je sens venir mes règles.
Je leur ai déjà dit, mais elles ne m'écoutent pas.
Il y a cette douleur sourde qui s'installe dans mon ventre et m'annonce que ça n'a pas marché. Il faut tenir toute la journée pour rentrer et pouvoir enfin pleurer sous la douche. C'est le pire moment...
Oui, je pleure toujours sous la douche, avant, je prenais des bains, mais j'ai arrêté.
Vous n'imaginez pas comme on peut être malheureuse dans un bain. Et ceux-là sont interminables. J'y suis restée assez longtemps pour souhaiter ne plus jamais en sortir.

Alors des douches. En tout cas, la salle de bains est le seul endroit où l'on me laisse tranquille, où je peux enfin me poser.

J'attends, je me retiens, je laisse la vapeur s'accumuler et me protéger de l'extérieur.

Et je pleure à gros sanglots. Je sens que mon corps se vide, je regarde l'eau s'écouler ; elle emporte tout : mon sang et mon espoir d'être mère. C'est tout mon intérieur qui pleure, je pleure avec mon ventre autant qu'avec ma tête. En me demandant pourquoi il n'y a pas en moi de place pour un enfant.

Parfois je reste prostrée pendant des heures, à me dire que si je n'arrive pas à donner la vie, c'est comme si j'étais déjà morte.

Pourtant, aujourd'hui, je sais vraiment pourquoi je veux être mère : j'ai envie de construire, de donner, de transmettre.

Je gère mieux les questions des gens : quand on me demande pourquoi je n'ai pas d'enfants, je ne m'énerve plus. Je dis juste : "La nature n'est pas généreuse de la même manière avec tout le monde." En général, ils n'insistent pas. Certains me demandent si ça me manque de ne pas avoir d'enfants, je réponds : "Je ne sais pas, je n'en ai jamais eu."

Ma mère m'a appelée pour me souhaiter une bonne année, je l'ai envoyée promener.

J'étais en plein syndrome de rangement par le vide, autant vous dire que j'étais très occupée.

J'ai mis une nouvelle recharge dans mon agenda. Un paquet de feuilles résume l'année qui vient de s'écouler. Sans rien qui compte. Sans rien qui reste.

Mais je m'accroche encore, je refuse de commencer à désespérer alors que je n'avais même pas fini d'espérer.

En fait, je ne sais toujours pas pourquoi je suis là. Vous avez des enfants, vous ?... Combien ?...

Si, ça a un rapport. C'est peut-être pour ça que je viens vous voir.

Pour accepter d'être femme sans être mère.

Pour essayer d'admettre que je suis une femme comme vous. »

Quel choc pour Victor !

Je ne sais pas ce qui m'a pris, il n'y avait pas pire façon de lui apprendre que je l'ai trompé...

Sauf que je l'ai fait exprès. Il avait besoin d'un électrochoc. Moi aussi, d'ailleurs.

Et maintenant, quoi ?

Maintenant, on est mal tous les deux. Au moins, passé le coup initial, les choses ont été dites sans violence. Sans vacheries inutiles. Il a compris que je ne cherchais pas à le faire souffrir, juste le faire réagir.

Après tout, ce dont j'ai toujours rêvé, c'était simplement une relation d'égal à égal. Les yeux dans les yeux.

Elle est folle, cette Hémorroïde.

C'est étrange, ces couples qui ne prennent plus de pincettes, qui se font des réflexions cinglantes devant les autres.

On commence à leur ressembler, et ça, je le refuse.

Je lui parle de plus en plus mal, et il me laisse faire. Comment veut-il que je continue à le respecter ?

Comment s'appelait ce garçon que je croisais à l'époque où j'ai rencontré Victor ? Il me plaisait terriblement, je sentais que c'était réciproque, mais aucun de nous n'a jamais osé faire le premier pas.

Il y a Jeff aujourd'hui qui a osé le faire, et maintenant je ne sais plus.

Je fléchis devant ce qui est peut-être ma dernière chance d'être heureuse. Peut-être parce que je ne peux plus continuer à vivre en attendant d'être choisie.

J'aimerais pouvoir me dire que je ne suis pas venue au monde uniquement pour répéter les mêmes erreurs.

Je me demande ce que serait ma vie aujourd'hui si seulement j'avais osé poser les bonnes questions aux bonnes personnes. Si j'avais osé risquer la vérité.

J'étais trop occupée à me fabriquer des limites.

Parfois, j'ai l'impression que la peur est le seul sentiment qui me soit familier. Le seul qui m'accompagne avec une telle fidélité.

Ne plus penser au passé. Pour une fois, tenter d'aller de l'avant.

Lennon nous avait bien prévenus : « La vie, c'est ce qui vous arrive pendant que vous êtes occupé à faire d'autres projets. »

Pourtant quelque chose pourrait s'ouvrir devant moi. Si je le décidais.

Pas le temps d'attendre, après ce sera trop tard.

Pas le temps d'attendre que la mort nous sépare, Monsieur le Maire.

Si j'avais seulement la force. Je n'ai jamais été capable de m'engager sur un chemin sans savoir où il m'entraînerait.

Il y a ce drôle de moment où l'on attend que le feu change pour traverser. On n'attendait que ça, impatiemment, mais, malgré tout, quand le bonhomme devient vert, il faut une bonne seconde avant que la jambe, qui pèse une tonne, ne se décide à décoller et avancer.

J'avance au rythme d'un escargot. Un escargot déprimé.

Je n'aurais jamais cru que je serais si déconcertée à l'idée de vivre ma vie.
Traverser. C'est tout ce que j'ai à faire.
Et me rendre à l'évidence.
Je dois arrêter de tricher et quitter Victor.
Même si je l'aime tendrement, même si c'est le père de mes enfants.
Même si je n'ai rien de concret à lui reprocher. Juste d'être incapable de me rendre heureuse.
Lui expliquer qu'il n'est pas mon ennemi. Simplement que je n'arrive plus à vivre à ses côtés.
Accepter d'avoir le mauvais rôle, être celle par qui le scandale arrive.
En supporter toutes les conséquences. Les autres diront ce qu'ils voudront.
Endosser la responsabilité d'avoir brisé ma famille face à mes enfants.
Assumer la culpabilité qui pointe déjà.
Être moins passionnée par ma petite personne.

Ne pas me mentir en pensant que Jeff remplacera Victor. Je ne sais même pas s'il voudra de moi lorsque je serai libre.
Pour une fois, ne pas agir en fonction des autres.
Partir pour moi.

Trentenaires d'aujourd'hui

Une vie de rêve
Marian Keyes

Lisa Edward, rédactrice en chef d'un magazine glamour à Londres, déchante : au lieu de la promotion à New York dont elle rêvait, elle atterrit dans la grisaille de Dublin, chargée de créer une revue féminine chic et sexy... Mais elle fait face ; même si en deux jours elle a fait le tour des endroits branchés, et même si Ashling n'est pas exactement la rédactrice adjointe dont elle rêvait. Peu à peu, elle va apprendre à connaître cette dernière, célibataire de trente ans affublée d'une amie d'enfance déjà mariée et mère de famille, Clodagh, qui semble bien mener la vie rêvée...

(Pocket n° 12253)

Il y a toujours un Pocket à découvrir

Parenthèse enchanteresse

Chez les Anges
Marian Keyes

Maggie Walsh craque complètement ! Licenciée et trompée par son mari, sa parfaite petite vie tourne au désastre. Une seule solution : la fuite ! Maggie met le cap sur Los Angeles pour rejoindre sa meilleure amie, une scénariste en mal de réussite. Entre fascination et stupéfaction, Maggie découvre la vie branchée de la Mecque du cinéma. Un endroit magique où la manucure est un art majeur et où même les palmiers sont minces. Un tourbillon de paillettes qui pourrait bien redonner à Maggie le goût de vivre…

(Pocket n° 12627)

Il y a toujours un Pocket à découvrir

Faites de nouvelles découvertes sur **www.pocket.fr**

- Des 1ers chapitres à télécharger
- Les dernières parutions
- Toute l'actualité des auteurs
- Des jeux-concours

POCKET

Il y a toujours un **Pocket** à découvrir

Achevé d'imprimer sur les presses de

BUSSIÈRE
GROUPE CPI

*à Saint-Amand-Montrond (Cher)
en août 2007*

POCKET - 12, avenue d'Italie - 75627 Paris Cedex 13

— N° d'imp. : 71426. —
Dépôt légal : mai 2007.
Suite du premier tirage : août 2007.

Imprimé en France